転生幼女はあきらめない

-Reincarnation's little girl never gives up-

3

カヤ

イラスト 藻

CHARACTER

リーリア

キングダムの四侯、オールバンス家の娘として生まれた転生者。家族と離れ離れになってしまったが、前世の記憶と経験でたくましく生きている１歳児。

ルーク

リーリアの兄。愛らしいリーリアをひと目見たその日から、守ることを決意する。ウェスターで保護されていたリーリアと再会を果たす。

アリスター

トレントフォースのハンター見習い。虚族の襲撃で一人取り残されたリーリアを引き取る。四侯のひとつ、リスバーン家の庶子であり、強い魔力を持つ。

ディーン

オールバンス家の当主でリーリアの父。妻の命と引き換えに生まれたリーリアを疎んでいたが、次第に愛情を注ぐようになる。今では完全に溺愛している。

ギルバート

リスバーン家の後継者。ルークとともにキングダムからの使者としてウェスターを訪れる。

ヒューバート

ウェスターの第二王子。リーリアとアリスターを保護すべく現れた領都からの使者。

ミル

ハンター四人組の一人。普段はぼんやりしているが、本質を理解することに長けている。

クライド

ハンター四人組の一人。大柄な体格の持ち主。無口だが行動力がある。キャロと仲がいい。

キャロ

ハンター四人組の一人。細身で優しい外見にコンプレックスを持つ。クライドとは大の仲良し。

バート

ハンター四人組のリーダー。強い意志を持つまとめ役。普段は魔石屋で働いている。

OUTLINE

MAP

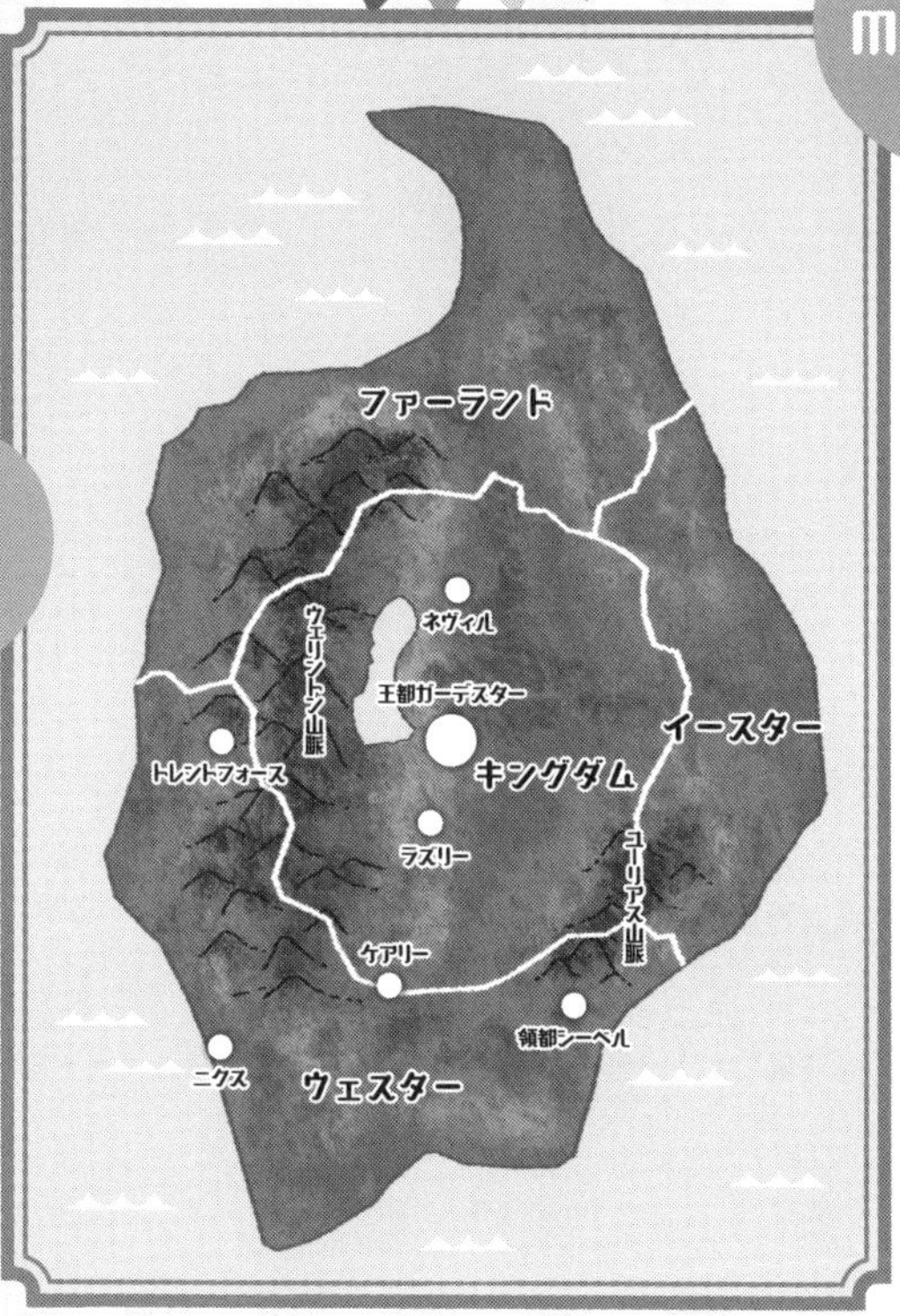

あらすじ

転生した世界で、四侯と呼ばれる有力貴族のオールバンス家に生まれたリーリアは、メイドのハンナの手引きにより何者かに誘拐されてしまう。道中、虚族の襲撃に遭い一人生き残ったリーリアは、虚族を狩るハンター達一行に助けられると、アリスターという少年に引き取られトレントフォースの町で日々を過ごしていく。

新しい環境での生活に慣れてきたある日、領都からの使者としてウェスター第二王子ヒューバートが現れる。ヒューバートは領都を覆う規模の結界箱に魔力を充填すべく、魔力持ちの派遣をキングダムに要請する交渉材料として、四侯の血筋であるリーリアとアリスターを保護しに来たのだった。

領都側の思惑を理解しながらも、アリスターは自分の出自と向き合うため、リーリアは家族の元へ帰るため、要請を受け領都へ向かうことに。そして、たどり着いた領都でリーリアは兄ルークと再会を果たした。

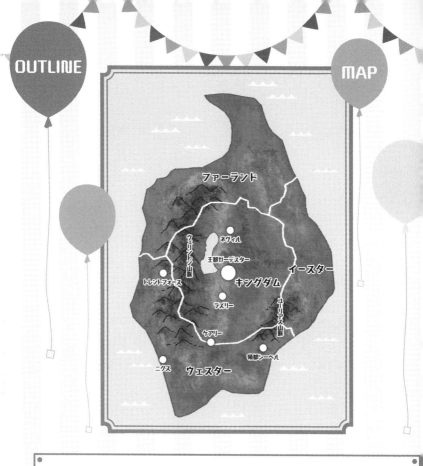

-もくじ-

プロローグ

ハッピーエンドにはまだ遠い

ウェスターの端からずっと旅をしてきて、やっと兄さまと会えた私は今、無敵である。

兄さまの腕の中でにこにこしている私は、私をここに連れてきてくれた存在のことなどすっかり忘れていた。


「お前たち、私もここにいるのだが」

少しばかりひねくれた、そして苛立った声が後ろから聞こえた。

「殿下」

ギルと兄さまはヒューを見ると一目で王子とわかったようで、居住まいを正して軽く頭を下げた。

「まだ昼前だ。このとぼけた者も、いや、失礼、リーリアもそれほど疲れてはいまい。リーリアを世話していたこの者たちも共に、まずは軽い昼食でもいかがだろうか」

ご飯だ！　この際、とぼけたなどと言われたことは忘れてあげてもいい。

「おちろのごはん」

「ああ、リーリア、城の料理人のご飯はうまいぞ」

「あい！」

感動の再会のはずが、ギルとアリスターに若干火花が散ったりしたが、ご飯の前にはどうでもいいことである。結局は無事に済み、すぐに昼食へと向かうことになった。

「リア、手」

「あい」

私は兄さまの差し出した手を握り、表情を崩してはいけないはずの門の衛兵の顔を崩れさせながら、城に向かった。時折兄さまを見上げると兄さまが見下ろしてニコッとしてくれる。私もニコッとする。

そうしてさっそうと歩いていると、斜め後ろからふうふうという息と共に声がかかった。

「いつまでかかる気ですかな。さあさ、ルーク様、後ろがつかえております。リーリア様に合わせていたら日が暮れますぞ、まったく、よちよち遅いんですよ」

この瞬間、一行の全殺気が副宰相のハーマンに向かったに違いない。普段ならよちよちしているという言葉を許さない私だが、ハーマンとは一言も話したくない。肩からかけているラグ竜をぎゅっとつかんで、プイッと顔をそむけた。

「では、リア、兄さまの抱っこで行きましょうか」

「あい」

「いや、俺が抱っこするよ」

バートがさっと出てきて私をすくいあげた。

「いえ、私が」

「離したくない気持ちはわかるが、みんな長旅だ。リアも今朝あのタヌキと一揉めあって、たぶん疲れてる」

「ハーマンと」

兄さまの目がすっと細められた。

「リアがさらわれた様子も早く知りたいだろう。今はまず、急ごう」

「わかりました」

ミルは状況に左右されないところがあるから、こういうことをするならミルかと思っていたので少し驚いたが、私はいつものようにゆったりとバートにもたれかかった。

「ずいぶんと慣れていますね。リアもあなたに抱っこされるのが当たり前のようです」

兄さまが少し悔しそうにつぶやいた。

「いくらアリスターが面倒をみるって主張したって、いくらリアが自分で歩くって言ったって、辺境でハンターをしていたら、どうしても急がなきゃならねえことが多かったからなあ」

「ハンター。そう、ハンターと聞き及んでいます」

バートはそうか、知っていたかという顔をし、私を見てにやりとした。

「リアもまあ、ハンターの卵みたいなもんだよな」

「あい」

「リアも」

兄さまはまさかという目で私を見た。私もにやりとして見せた。ちゃんと働いていたのだ。

「トレントフォースまでの一ヶ月の道のりは野宿だったからな。リアは結界箱を持って頑張ったんだよな」

「あい。りあ、はこ、かちってちた」

「野外で結界箱を持って鍵を回したということですか」

「さすが兄貴、リアの言うことがよくわかるなあ」

バートが感心したように笑った。しかし、私はひやひやしていた。兄さまの方から冷気が伝わってくるようだ。私の大切なリアに、虚族のいるところで、結界箱を持たせただと。そう声が聞こえてはこないか。しかしバートは平気そうである。

そもそも、バートたち四人の中で、ミルだけが少し抜けていて、空気を読まず、誰の気持ちも斟酌しないで物も言うし、行動もする。だから残りの三人が常識人に見えていただけで、実はその三人も相当神経が太いのではないかと私はやっと思い至った。

ということは、もしかしてアリスターもそうなのか。実際に、ミルやキャロと一緒に、城までの広い前庭を何の気負いもなく歩いている。これから貴族にたくさん会うかもしれないのに、緊張のきの字も感じられない。

「あいつもこの旅で強くなった。もっとも、リアが来てからずっと頑張っていたからな」

「あい。ありしゅた、がんばった」

「リア、私もとても頑張ったのですよ」

兄さまがアリスターの名を聞きつけてそんなことを言いだした。

「あい。にーに、とても、がんばった」

「私にはとてもが付きましたね」

兄さまは満足したようだ。何に対抗しているのか。私はちょっとあきれてしまった。

城と言っても竜車でたどらねばならぬほど門から遠くはなかった。門と城の距離を目で測り、お父様の屋敷の方が庭は広かったような気がすると思っていると、兄さまがそれに気がついた。

「万が一にも夜に移動しなければならなくなった時、門か城、どちらかに早くたどりつけるようにとのことで、庭は広くとっていないのだそうです。だから門そのものも内部には部屋があり、人が避難できるようになっているそうですよ」

なるほど。結界がないというのはそういうことなんだ。私たちが話しながら城にたどりつくと、城の大きな扉が自動で開いた。もちろん、誰かがタイミングよく開けたのだが。

お父様のお屋敷でさえそれほどしっかり見たことのなかった私には、辺境のお城とはいえ一国の城はやはり豪華に見え、途中にかけられている絵やタペストリー、それから複雑な形のシャンデリアなど、見る物がたくさんあった。きょろきょろしているうちに、たぶん城としてはこじんまりとした、しかし数十人は入れるだろうという食堂のようなところに案内された。

「なんと、この部屋は個人的な集まりの部屋ではないですか。四侯がお子様とはいえ四人もそろっているのにこのような部屋では」

「ハーマン」

「しかもなぜハンターたちまでここに。ウェスターの威厳というものが」

「ハーマン、いいのだ。再会を身内で楽しめるようにという王の心配りなのだぞ」

ヒューにたしなめられてタヌキはしぶしぶ黙った。そもそもハーマンに一緒にご飯を食べてくれとは言ってはいない。

私は兄さまの膝に乗せられそうになったが、ちゃんと子ども用の椅子が用意されていて助かった。

テーブルを思わずバンバンしそうになるのを我慢していると、軽食と言っていたはずだが、ちゃんとスープから運ばれてきた。私のは子どもサイズの小さなカップに入っている。

「リア、私が」

兄さまがさっそく食べさせようとする。そうだ。兄さまはこうして私によく食べさせたがったものだ。

「失礼ながら、リア様はお一人で食べられます」

後ろから声がかかった。ドリーだ。使用人が口を出すのは差し出がましいことなのだろう。しかし、旅の間にすっかり私のことをわかってくれたドリーに私は感動し、にこりと笑った。

「にーに、りあ、じぶんでたべりゅ」

「リア。わかりました」

残念そうな顔をしないでほしい。今度二人だけの時ならいいかな。いや、子どもはちゃんと自立しなければならないのだ。甘やかされてはいけない。

それから、野菜をスープで優しい味に煮たものや、柔らかく煮込まれた肉などが次々と出てきたが、肉と一緒に芋のつぶしたのも出てきた。

「おいも！」

「リアはやっぱりお芋が好きなままなのですね」

「しゅき」

芋には柔らかく煮込まれた肉のソースがかかっていて、大変おいしゅうございました。

最後の果物までしっかり食べると、そのままもう少し小さい部屋に移動した。ここでハーマン以下、関係ない者は追い出され、部屋には王子と護衛、兄さまとギル、アリスターとバートたち四人、そして私が残り、隅にドリーが静かに控えている。

するとドアがノックされ、もう一人入ってきた。そのお父様より少し年上くらいの男の人は私の方を見ると、ほっとしたように優しく目を細めた。

見たことがある。

お屋敷にいて、時々見かけた人だ。セバスとよく話していた。セバス。

「ジュード、あなたも聞いてくれていたほうが話が早い。話に入ってくれ」

「おうちのひと。りあ、ちってる」

「お嬢様！　よく覚えていてくださいました」

その人は思わず涙ぐんだようだった。でも私はそれどころではない。お屋敷の人が来ているのなら、セバスだって来ていていいはずだ。

「せばしゅ。せばしゅは？」

ジュードはほんの少し、どこかが痛むというような顔をした。

「にーに？」

「リア、セバスは来ていません。今は先に、リアの話を聞きたいのです」

「……あい」

何かある。でも確かにまず、ちゃんと私の話をしよう。ハンナのことも含めて。

◆

王子と兄さま、それにギルはそれぞれ初対面だったが、食事の時にすでにお互いに挨拶は済ませていたので、部屋にいる者は一応皆顔見知りということになる。

食事が終わると兄さまは改まって私に向き合った。

「リア、つらいでしょうが、さらわれた時のことを話すことができますか」

「あい」

ここにハーマンがいたらきっと、

「幼児に何を聞いていらっしゃるのか、ばかばかしい」

とでも言っていただろうなと思う。実際、普通の幼児であれば、さらわれた時のことを話すどころか、覚えているかどうかすら怪しかっただろう。しかし、今周りにいるのは気心の知れた人たちだけだ。私がはいと返事をしたのを不思議に思う人はいなかった。

「構わなければ、ルークさん」

バートが口を挟んだ。

「俺たちは一度リアから話を聞いているんだ。まさか幼児が覚えていると思わなかったから驚いたが。俺たちが話して、リアに確認を取っていく方が早いかもしれない」

「リア？」

兄さまは私にどうするという顔をした。

「しょれ、いい」

「そうですか。では、バート、お願いします」

「わかった」

バートは一瞬額に手をやって、何かを思い出すような顔をした。

「俺たちが国境から出会ったところから、いや、最初からがいいだろうな」

私たちが出会った状況はけっこうつらいということなのか、兄さまの知りたいところからということなのか。

「リアが言うには、ハンナというメイドに夜起こされて、気がついたら竜のかごに乗せられていたらしい」

「やはり、ハンナでしたか」

兄さまは少しつらそうな顔をし、ジュードは一瞬目を閉じた。

「ずっと走り続けたと」

「ぱんと、みじゅ。おいも、おやちゅ、にゃい」

「ああ、リア。くいしんぼのリアが水とパンだけだったなんて」

兄さまは思わず立ち上がって私を抱きしめ、膝に乗せて座り直した。しかし、くいしんぼはちょっと失礼ではないか。気にはなったが、とりあえず話を続けた。

「はんな、どうちて、わたちも、いった。ましゅー、くしゅり。れみんとん、おかあしゃん、やめる」

　思い出したことをどんどん話していく。

「はんな、ちゅらい。ないてた」

　兄さまは頷いて、ジュードと目を合わせた。おそらく、調査の通りなのだろう。

「犯人の顔は覚えていますか」

「あい。みたら、わかりゅ」

　それからこまごましたことを聞かれ、答えられるだけ答えた。

「国境間近でリアと接触したことはお父様から詳しく聞いています。お父様と警護隊をラグ竜が敵と判断し、逃げたらしいとも」

「それについては俺が説明できる」

　バートが手を上げた。

「ラグ竜の仮親という習性らしい。親からはぐれた個体を、ラグ竜が自分たちの群れの一員として育てようとする。リアはそう判断された。その証拠に、ウェスターでもいつでもラグ竜に大事に、ぷっ、そう大事にされていた」

　アリスターもヒュー王子も含め、ウェスター組は微妙に笑いをこらえている。失礼な。

「ラグ竜に牧場に連れて行かれそうになって焦ったりもしたよ。リアを返してくれなくて」

「それほどですか。私もラグ竜には好かれるようなのですが、そこまでではありませんね」

「アリスターもラグ竜には好かれるよな」

ギルがそれを聞いてハッとした顔をした。心当たりがあるのかもしれない。しかし、何も言わずに黙って話を聞いている。

「そこからはリアにはあまり話を聞かなかったから推測になる。まず、俺たちが見つけたのは、おそらく犯罪者と思われる男たちとラグ竜の遺体だ。虚族にやられていた」

私を抱えている兄さまの手がピクリとした。

「そんな時は身元がわかる物があれば通報するが、そうでなければ金目の物を頂いて放置だ。だがな、ラグ竜が何かをかばうように死んでいて、そのかばった者は女の子でなあ。その子もすでに亡くなっていた。それがハンナらしい。そしてその女の子をよけると、そこにうつ伏せになった幼子がいたんだ。それがリアと会った最初だ」

「そんなことが……」

兄さまは私の頭に顔を埋めた。

「最初、その幼子もダメかと思ったんだが、ラグ竜が仰向けにひっくり返してくれて、それで生きてるとわかった」

「感謝を、ただ感謝を」

兄さまの声が震える。

「なに、偶然さ。助けると決めて面倒を見ていたのはアリスターだからな」

「アリスター」

兄さまはアリスターの名前を繰り返すと、私を離さないというように強く抱いた。それでも、ちゃんとお礼を言った。

「ありがとう、アリスター、ありがとう」

「いや、別にいいんだ」

アリスターが照れたように頷いた。

しかし、その時のことも話さなくてはならない。私は覚悟を決めて口を開いた。

「おひしゃまのした、ありゅけにゃい。ごめなしゃい、はんな、いった」

私の言葉に部屋に沈黙がおちた。

「しじゅかにって。りあのしょばで、ちあわしぇでちた、いった」

声が震えた。

「きょぞく、ぶん、ちて、はんな、ぎゅってちて、あしゃがきまちた」

私は頑張った。

「はんな、ちかたにゃかった。はんな、あおいめ、きれい。いちゅも、わらった。りあ、だいしゅき。はんな、はんな、はんなは」

もう何を言っているのか自分でもわからなかった。ハンナの思い出は、どれも楽しいものばかりだった。

「わあ、わーん、はんな、はんな」

突然泣き出した幼児を誰が止められるだろう。驚いて固まる兄さまから、ミルが私をそっと抱き上げた。

「リア！」

兄さまが私に手を伸ばす。

「ルークさん、リアを取ったりしねえよ。ちょっとあやすだけだ。ほら、リア」

「うえっ、ひっく」

「泣いていいんだ、泣いていいんだよ」

「わーん」

いつも眠い時に抱いていてくれていたミルにしがみついて私は泣いた。

「そのすぐ後だった。虚族がまた出たのは」

バートが私が泣いている間にも、ゆっくり話し出す。

「倒れていた女の子の姿をしていた。隠れていろと言ったんだが、リアは隠れなかった。その姿をした虚族がローダライトで切られるのを見ていたんだ」

「そんな」

「その時と熱を出した時、そして偽の使者を見て父親を思い出した時くらいだ。リアが泣いたのは。それから半年近く、これが四回目だな」

泣くようなことなんて、人生にそうあるわけではない。

でも、ハンナは大切な人だった。いくら自業自得とはいえ、私の側にいなかったら死なずにすんだのにと何度思ったことか。振り返ったからといって自分にできることは何もなかった。それでも、胸の痛みが消えることはなかったのだから。

ハンナが死んだ時、もうなくなったと思っていた涙は、いつまでも枯れることはなかった。

リアの兄さんが怖い《バート》

「寝ちまったぜ」

「こちらに寝かせましょう」

ミルの声にドリーがすぐ反応した。リアをソファーに居心地のいいように寝かせ、用意してあった毛布をかける。

「本人から、その時の状況を聞いたのは初めてなんだ。そこを聞いても仕方ないと思ったし、憶えてるとさえ思っていなかった。でも、こんなことを忘れずに抱えていたなんてなあ」

そうつぶやいた俺がリアから目を戻すと、みんな目もとを押さえて、つらそうにしている。我慢しているが、王子も目が赤い。

「常々とぼけた幼児だとしか思っていなかったが、こんな深いものを抱えていたとは」

そのつぶやきは、実の兄を前にとても失礼だと思うが。

「ルークさん、俺たちと合流してからのリアは、何かを我慢していたかもしれないが、でもいつも楽しくて元気そうだったぞ。後悔しても仕方ねえよ」

「……はい」

リアの兄さんは、アリスターと同じ年だという。背伸びしているアリスターと違い、大人びた態度がしっかりと身についていて、子どもだからと侮られるようなことは一切なさそうだ。もともとそうなのか、リアがいなくなってからそうなったのか。後の方だろうなと思うと、一生懸命大人になろうとしているアリスターと同じものを感じて、ちょっと応援したくなるな。

しかし俺は、これから話すことの多さに思わず遠い目をしてしまった。

「そんなあんたに申し訳ないんだが、本当に面倒な話はこれからなんだ」

「……はい？」

リアが結界箱を作動してしまったところからか。やべえ。よく考えたら王子どころじゃねえ。これは俺たちがルークさんに怒られる案件だな。

リアが寝てしまってよかったかもしれない。俺は若干冷や汗をかきながら、話し始めた。

「じゃあ、まずリアが結界箱を作動させた後、倒れたところから」

「はい？」

ルークさんが椅子から立ち上がった。やっぱりな。話が終わるまで、俺の命はもつだろうか。

◆

私が昼寝から起きたとき、部屋のみんなは疲れ果てた顔をしていた。どうしたんだろう。私自身も泣きながら眠ったせいか、少し目が腫れているような気がした。

「リーリア様、これを目に当てましょうね」

「あい」

ドリーが温かいタオルを顔に当ててくれた。

「リア、おいで」

「あい、にーに」

私はとことこと兄さまのもとに歩いていった。兄さまがすぐ側に当たり前のようにいることが、今はただ嬉しい。

「よっと」

兄さまは掛け声をかけて私を膝に持ち上げた。

「おもいにゃい」

「ほんの少し重くなりましたか」

重くなったというより、大きくなったと言ってほしい。

「ほんとにかわいがってるなあ」

バートがその様子を感心したように見ている。

「ええ、リアは私たちの光ですから」

「あれだ、父さん大変だったんじゃねえのか」

そううっかり言ってしまったのはやっぱりミルだった。

「おとうしゃま」

会いたい。そういう気持ちを込めて兄さまを見上げると、兄さまは優しく頷いた。

「ええ、リア。お父様は嘆かれて大変だったのですよ。それこそ、ウェスターが悪手を打てば、国ごと息の根を止めようとするほどには」

「あ、あい」

さらりと怖いことを言った。幼児にどう返事をしろというのか。怖くてヒュー王子の方を見られないではないか。

「いけません、私としたことが、リアが大変だったことに驚きすぎてつまらないことを口に出してしまいました」

「あ、あい」

まったくフォローになってないからね。

「その辺にしとけよ。八つ当たりだろ、ルーク」

「すみませんね、子どもっぽくて」

ギルの注意に兄さまは少しすねたような顔をした。その向こうではヒューが少し渋い顔をしている。

トレントフォースにいたあの時、私がヒューに付いていかない選択をしたら、今頃ウェスターはとても困ったことになっていただろう。

「リア、リアが休んでいる間に、バートたちにいろいろ聞いていたのですよ。正直、幼児を連れて狩りに出歩いていたなど、信じたくないという気持ちも強いです。しかし、一緒に行かなかった時にさらわれた話も聞きました」

「あい。わりゅいひと、いた」

悪い人は隙をついて悪いことをする。誰の責任でもないと私は思う。

兄さまは私の頭をそっと撫でた。

「しかし無茶をしすぎです。頑張ったこと、無茶したこと、どちらもお父様にきちんと話して、ちゃんと叱られましょうね」

「あい」

それは仕方のないことだ。私はふうっとため息をついた。

「では、リア、セバスの話をしましょうか」

「あい！」

それが一番聞きたかったことだ。

兄さまは私を抱えたまま立ち上がると、そっとソファに座らせ、私の前に膝をつき、目を合わせた。

兄さまの淡紫の目が少し揺れた。言いにくいことなのだろう。

「セバスは、もう屋敷にはいないのです」

「どうちて」

どうしてだろう。セバスは確かに私の面倒をよく見てくれていたが、基本的にはお屋敷の執事の仕事をしていたはずだ。

「リアがさらわれてすぐに、行方不明になりました。どうやらハンナの家族を連れてどこかに逃げたようです」

「はんな」

私の胸は少し痛んだが、セバスが行方不明ということが気になる。部屋には沈黙が落ちた。

なぜセバスはいなくなった。私は視線を下に落として考えた。

ハンナ、マシュー。薬。

お母さん、お仕事、レミントン。

「にーに、れみんとん、にゃに？　わりゅい？」

私の言葉に兄さまは首を横に振った。

「レミントンは四侯の一つ。そして、いいえ。今のところ直接の関与の証拠はありません」

ということは、ハンナのお母さんは別に仕事を辞める必要はなかったはずだ。それなのにハンナは
そのために罪を犯した。犯した罪は償わねばならない。罪人の家族は、どうなる？　そしてセバスは
どんな人だった？

「せばしゅ、りあのため」

私は兄さまの目をまっすぐに見つめた。

「りあのため、いにゃくなった」

奥でジュードが天を仰ぎ、兄さまは私の両手を自分の手に重ねて静かに額に当て、目をつぶった。

「リアは疑いもしないのですね、セバスのことを」

「せばしゅ、おとうしゃま、だいじ。りあ、だいじ。にーに、だいじ」

当たり前のことだ。誰も大事にしてくれなかった時から、私を抱いてくれた人。

「せばしゅ、はじめて、りーりあ、よびまちた」

「リア、本当に悲しい思いをさせました！」

兄さまは許しを請うように私の膝に顔を埋めた。私は兄さまのきれいな金髪の頭をそっとなでた。

「だいじょぶ。だいじょぶよ」

そしてジュードを見た。

「せばしゅ、たしゅける」

ジュードは大きく頷いた。

「ルーク様、私がリーリア様にお話ししても？」

「かまいません」

ジュードは兄さまの隣にひざまずいた。

「リーリア様、まずはご無事でようございました」

そうだ。ジュードは、よくお父様を呼びにきていた人だ。

「あい」

「セバスはご当主様がリア様を助けに向かった方向を避け、王都から東回りで、どうやらこのウェスターの町に入ったようなのです」

「ここ」

「はい」

この町にセバスも来ている。

「理由はともかく、このシーベルの町が今、魔力持ちを集めているという噂を聞きつけたものと思われます。キングダムではごくありふれた魔力持ちでも、辺境ではかなりの魔力持ちということになりますから」

確かにセバスにもハンナにも、お父様には全く及ばないが魔力はあった。そして辺境に来てみてわかったことだが、辺境ではセバスやハンナほどの魔力を持つ者でさえほとんどいなかった。

「ウェスターの王家にも協力してもらい、ひそかに捜しています。キングダムに連れ帰れば、罪人として裁かねばなりません。ですから、せめて退職金を、つまりウェスターでの安楽な暮らしをとの、ご当主の命にございます」

「あい」

返事はしたものの、それではお屋敷に帰ってももうセバスもハンナもいないことになる。私の小さな世界はそのままではなかったのだ。私はうつむいた。それに。

私はアリスターとバートの方をちらりと見た。この人たちとも離れなければいけないのだ。何を察したのか、兄さまは立ち上がると少し移動して私の視線をさえぎった。

「では、謁見は予定通り明日にしてもらい、今日は家族で過ごさせていただきます。リアも疲れたことでしょうし」

「そういう予定だと聞いている。ハンター一行にも部屋が用意してある。それぞれ案内させよう」

ヒュー王子の声でみんなガタガタと席を立った。私の周りにはわらわらとバートたちが寄ってきて、それぞれ頭を撫でていった。兄さまが側にいてもお構いなしだ。最後にアリスターが私に手を伸ばし、手をつなごうとした。

しかしはっとして手を引っ込め、その手でぎこちなく頭を撫でてくれた。

そういえばアリスターは少しは年が近いからか、いつも手をつないでいたけれど、頭を撫でたりはほとんどしなかった。

「よかったな、リア」

そう言って、アリスターは何かを振り切るようにくるりと背を向け、入り口で待っているバートたちの後を追った。

「ちょっと待て、叔父上」

しかしその背に、ギルから声がかかった。叔父上と呼んでいるのに、ちょっと待てとは失礼ではないか？

少し間をおいて、アリスターが振り向いた。自分のことだと悟るのに時間がかかったようだ。

「それは俺のことですか」

「そうだ、叔父上」

「俺はアリスターだ」

「ではアリスター」

ギルは躊躇なく呼び捨てにした。私はちょっと驚いて口をポカンと開けてしまった。ギルが貴族のような振る舞いをするのを初めて見た。

「さきほど、ルークが言ったことを聞いていただろう。今日は家族で過ごすと」

「だからリアは兄さんと一緒に」

「馬鹿かお前は。お前と俺も家族ということになる。お前は俺と一緒の部屋だ」

「はあ？」

アリスターもポカンと口を開けた。そんなアリスターの横にギルが歩み寄る。

「来い」

「え、いやだ」

反射的に出た拒絶に、ギルはため息をついてバートを見た。

「バートとやら。頼む」

「え、俺？　俺が説得すんの？」

バートはちょっと後ろに下がったが、頭をバリバリかくと、

「なあ、アリスター。こいつの言うこともっともだと思う。お前ちょっと、行ってこい」

と言った。こんなふうに強引に踏み込まれない限り、アリスターから行くことはないと、バートもわかっているからだろう。

「バート！」

「俺たちは黙っていなくなったりしねえよ。何のために領都まで来たと思う」

アリスターのため。アリスターははっと目を見開き、しぶしぶ頷いた。

「よし、ついてこい！」

「命令するな！」

二人は喧嘩しながら先に行ってしまった。

「ありしゅた」

「心配いりません。ギルはいい奴ですよ」

「あい」

それは知ってる。自分を後回しにして、兄さまや私を優先してくれるいい人なのだ。

私はソファから降ろされ、兄さまと手をつないだ。

「まだ話し足りないことがたくさんあります」

「りあも」

「さあ、行きましょう」

「あい」

つないだ手は温かかった。

第一章

リアに会うまで

リアに会うまで《ルーク》

はやる気持ちを抑えながらも、私たちは無事シーベルに着いた。キングダム領のタッカー伯のところまで迎えが来ていたのには驚いたが、キングダムから辺境へと客人が来るのはまれなこと。最上級の礼を持って迎えたいということなのだろう。

そのためタッカー伯のところでゆっくりする機会がなかったのは残念だが、早めに行ってウェスターの領都の様子を見ておくのは悪いことではないと考えたのだ。

しかし、この迎えはなんだろう。

「ほうほう、なるほど四侯とはこうもうるわしい。宝玉よりなお透明な淡紫の瞳に、こちらは初夏の空のような青さ、さすが四侯ですぞ。さすが」

このうるさいでっぷりと太った男が迎えだとは。王都では四侯と言われることはあっても、瞳の色をこれほどまでに言われることはない。正直なところ、うるさい。

竜車に同乗すべきと主張された時はどうするかと思ったが、そこはギルが断ってくれた。

「我らが一人で竜にも乗れないと言いたいのですか」

と背を伸ばしている姿は、さすが年上と思ったものだ。もっともその後で褒めてくれという目で見てきたのは無視した。まだ早いのではないかと言われながらも騎竜の訓練をしていて本当によかった。

シーベルの町は、領都とはいえキングダムの王都とは比べるべくもなく、小さくまとまった町だった。南側に果てしなく広がる草原は王都付近では見ることもないもので、その雄大な景色はいつまでも見ていたいと思わせる。

北側に目を向けると間近に山脈が迫っているように見える。実際にはそれほど近くはないらしいのだが、西側に湖を臨むほかは平坦な王都と比べるとこれも珍しい景色ではある。

しかし、その山脈が虚族を生む。夏に行ったファーランドもそうだが、家々はがっしりと建てられ、窓は小さく、家々の間隔も狭い。

城には特に驚いた。城自体は特段小さいとは思わないが、とにかく庭が狭い。いや、町中に比べれば広いことは広いが、これではオールバンスの庭の方が広いくらいではないか。

「いやいや、広い所が見たいならば日中に草原にでも行けばよいのです。北の山脈にほど近いシーベルでは、夜に虚族が現れることもある。それは城も変わりないのですぞ。だからこそ、いざという時建物に逃げ込めるような作りになっているのです」

あちこちに物珍しそうに目をやる私に、太った副宰相がふうふう汗を拭きながらそんな説明をしてくれた。どうやらただの無能というわけでもないらしい。

民へのお披露目も兼ねているのか、私たちの隊列は町の大通りをゆっくりと進んでいく。本当は何のために私たちがシーベルの町に来たのかは民には知らされていない。ただ、行方不明になった幼い妹を迎えに、同じように幼い四侯の跡継ぎが来るという、おそらくそういう涙を誘う話になっているのだろう。

それだけではなく、四侯のもう一家がいなくなった自分の血筋をウェスターで捜していると、そしてその捜索にウェスターの第二王子がかかわっているという。そのドラマに熱狂して大通りに並ぶ民の中の、たまたま目があった母親が抱えた赤子にリアを思い出し、思わず口の端がほころぶ。

その母親は手を口に当て、なぜか泣き崩れた。赤子は大丈夫だろうか。その周りの若い者たちは涙を流して大きく手を振る始末だ。

「おい、ルーク、うかつに笑うんじゃねえよ」

「笑ったのではありません。思わず口元が緩んだだけです」

「学院でもお前、すげー人気なのわかってるんだろ。もっと自覚を持って行動しろよ」

「なんですかそれは。他の人がどう思っていようと私には関係ありませんよ」

「そういうとこ、オールバンスのご当主にそっくりだよな」

それは心外である。私はお父様を尊敬はしているが、その振る舞いを全て肯定しているわけではないし、真似したくないと思うところさえあるのだから。

しかし、もっと自覚を持って行動しろとギルが言うのなら、そうしようではないか。

「自覚を持って、ですか。ではギル、責任を取ってくださいね」

「責任？　何のことだ？」

「さあ、私に合わせてください」

「は？」

ギルと竜の上で仲良さそうに話している様子そのものも民には受けていたが、私はギルから町の人たちに目を向けると、にっこりと微笑んで手を振った。

「キャー！」

途端に歓声が大きくなった。

「ルーク、お前！」

「さあ、ギル、責任を取ってください。自覚を持つのです、さあ、笑って」

「くっそ、後で覚えていろよ」

ギルも多少引きつりながらも微笑んで手を振る。歓声は一層大きくなったが、やめるにやめられず、城に入るまで手を振り続ける羽目になったのはギルのせいだということにしておこう。

「やれやれ、ひどい目にあった」

「自覚を持てと言ったギルのせいです。自業自得でしょう」

「実はひどい奴だよな、ルークは」

「ふん」

いちいち取り合っていたら日が暮れる。城に入ると休む間もなく謁見になった。これはこちらの希望である。リアがこちらに着くのはおそらくまだ先であると思われるが、ついたらすぐにキングダムに連れて帰りたい。それに、四侯の跡継ぎである自分たちが長くキングダムを離れているのはやはり望ましくない。

先に済ませられることは全て済ませておきたかった。

謁見の間に入ると、ずらりと並んだ貴族が目に入る。私たちは副宰相のハーマンに導かれてウェスターの王とその傍らに立つ王子の前まで進んだ。王も王子も、話に聞いていた通り、濃い金髪に濃い紫の瞳をしていた。もしかするとオールバンスと祖先は同じなのかもしれぬとお父様も言っていた通り、親戚と言えばそれで通るほどにはオールバンスの一族とは似た雰囲気ではあった。

キングダム内に限っても、王と四侯は対等であり、臣下という立場であっても膝を折ることはない。それはキングダムの外に出ても同じである。

私たちは右手を胸に当て、軽く頭を下げた。それが不敬に見えるのだろうか、居並ぶ貴族や有力者にざわめきが起きる。しかし、そのざわめきを王が片手で制し、そのままこちらに挨拶をした。お互い初対面の挨拶を済ませると、王は少し砕けた調子になった。

「こちらの要請とはいえ、キングダムからよく来てくれた。道中はいかがだっただろうか。ご家族は確かにこちらに向かっているとのこと。あと五、六日ほどで着くだろう。それまでゆるりと過ごされるがよい」

「ありがとうございます。しかし、遊びに来たのではありません。すべきことはすべきこととして、今日にでも始めたいのですが」

その王にギルは簡潔に答えた。社交で来たわけではないことをはっきりさせるつもりなのだろう。居並ぶ貴族からも、ウェスターの王家が、めったにない四侯の訪問を効果的に利用しようとしていることは伝わってくる。煩わしい付き合いは最低限に抑えたい。

リアの確保と、ギルの叔父の確保。これはどちらが重要という位置付けはない。心情的にはもちろんリアだが、対外的には血筋の確保という意味では価値は同等だ。したがって、対応は年齢の高いギルが中心となる。私は添え物でいいから楽なものだ。

そのギルに、今度は傍らに立つ王子が答えた。

「ほう。こちらとしてはありがたいですが、せっかくウェスターに来たのですから、あちこち見て回るのも一興かと。詳しくはまた明日ということで」

「では明日。さっそく用を済ませたいものです」

時間をかけるべきという王子と、やるべきことを済ませると主張するギル。さっそく見えない火花が散っている。それより早く、リアに会いたいのだが。あと五日。私はそっとため息をついた。


ゆっくり休めと言われても、その日の夜にはさっそく食事会があり、その後はパーティとなった。あれだけ集まった貴族の面々を、四侯に会わせずに帰らせるわけにはいかないということなのだろう。私もギルもまだ社交に出る年ではないので、ダンスなどに誘われることはなかったが、飲み物を片手に、次から次へとやってくるウェスターの有力者の相手をするのはかなり面倒ではあった。タッカー伯が側について面倒なものはさばいてくれたが、お父様がいもしないのに娘をどうかと私に言われても何の興味もなく、困るばかりだ。

ギルは私よりも年が上なので、さらにそういった話も多くうんざりしているのが見て取れた。

その食事会では驚いたことがもう一つあった。イースターの王族が来ていたことだ。

私もギルも、自分の国の王族とですらそれほど顔を合わせたことはない。一番は年齢的な問題で、王はともかく王子もそのお子も、私やギルとは年回りがずれている。しいて言うならリアとは合うのだが、そんな機会もなくさらわれてしまった。

ウェスターの王族とも顔を合わせるのは今回が初めてで、ましてファーランドやイースターの王族とは顔を合わせたことなどない。

「ギルバート殿、ルーク殿、こちらがイースターの第三王子、サイラス殿だ」

そう紹介された私は軽く息を飲んだ。話に聞いていたとはいえ、その金髪と黄色い瞳は我が国の王族と近しい色だったからだ。

よく見ると、その色合いが珍しいとはいえ髪の色はむしろウェスターの王族に近い濃い色だし、目の色はと言えば金色というよりパンケーキのような濃い色合いで、違いははっきりしている。それはオールバンスとウェスターほどの違いであり、おそらくキングダムの王族とイースターの王族は元をたどれば同じということになるのだろう。

その色の特徴を除けば、精悍な、つまり男ならこう育ちたいと思うような、武人の雰囲気の漂う青年だった。キングダムの貴族にはあまりいないタイプだ。

「私の弟と同じ、成人して二年ほどになる頼もしい若者だ。商用でケアリーを訪れていたらしいが、たまたま観光でシーベルにも立ち寄ったところ、四侯の訪れの噂を聞いたとのこと。めったにない機会だからと、身分を明かしてこちらに滞在している」

そう紹介したウェスターの第一王子自身は二五歳だという。もちろん結婚もしていて、子どもも二人いる。自分の弟と同じ年頃のせいか、サイラス王子には好意を持って接しているのがよくわかる。

私はギルと一瞬目を合わせた。

予定外の事態だ。

そして昨日から薄々感じていたことではあったが、ウェスターの王族は少し、いやかなり、素朴なのではないか。いきなり訪れた他国の王子を信用しすぎのような気がする。お忍び、しかも商用だという。要は勝手にウェスターに入って商売をしていたということである。

現在、国家間のもめごとはない。それにしても、うかつ過ぎはしないか。

ギルも同じように考えていることは伝わってくるが、ここは事を荒立てるべきではない。それにしても、先ほどから、ギルではなく私を見ているような気がするが、なぜだろうか。

私はしぶしぶ目を合わせた。切れ長のやや吊り上がった目は何か面白いものでも見つけたようにわずかばかり見開かれ、同時に薄い唇の端が少し上がった。

正直に言おう。気持ち悪い。精悍というより酷薄。そんな印象だ。

「これは、初めてお目にかかる。たまたま来ていたウェスターの地で四侯にまみえるとは私はなんと運がいい」

そのサイラス王子の視線を断ち切るように、隣のギルが一歩前に出た。

「ギルバート・リスバーンです。こちらこそウェスターでイースターの王族にお目にかかれるとは思いもしませんでした。若輩者ですがよろしくお願いします」

「おなじく、ルーク・オールバンスです」

ギルに続いて私も控えめに挨拶する。軽く頭を下げ、落としていた目線を上げると、目の前に大きな手が伸ばされていた。それが頬に触れようとした瞬間、私は目立たないように一歩下がった。

サイラス王子は伸ばしていた手を自分でも不思議そうな顔で見ると、

「一度手放してしまったものに似ている気がした」

とつぶやいた。気持ち悪い。ギルは私をそっと後ろにかばうと、

「喉が渇いたな。少し飲み物でも飲もうか。それではこれにて」

と、失礼にならない程度に急いでその場を離れてくれた。飲み物をもらって壁際にしばし引っ込む。

「なんだあれは！　イースターの王子とか、ちょっと想定外すぎる！」

落ち着いていたように見えたギルもやはり内心焦っていたようだ。私はそのことに逆にほっとした。

「まさか結界箱についてのウェスターの依頼を知って来たのでしょうか」

「一応成功するまでは民には秘密にしているはずだ。俺たちが来たのは今回は家族を迎えにということになっているからな。他国の王族が知っているはずはないんだが、ウェスターの王族のこのゆるゆる具合ではな……」

「ちがいありません。サイラス王子が知らずに興味本位で来ただけだとしても、『せっかく来たのだから貴殿も』などと自ら情報を出してしまっている可能性もあります。王族だからというだけであの警戒感のなさはありえないでしょう」

「どう見ても油断のならない相手だぞ」

私たち子どもでさえわかる危険性がなぜウェスターの王族にはわからないのか。ちらりと見ると、太った副宰相がにこやかに話しかけていた。

「あれを信頼して迎えに寄こすような王家だからな」

「確かに」

思わず苦笑してしまったのは仕方ないことだろう。

その夜の食事会はそれから特に何もなく終わったのだった。

使者として発つ前、お父様は私に、

「ガツンとやってこい」

と言った。私とギルが、お父様に屋敷の一室に連れていかれた時のことだ。もちろん、ギルの父親も一緒だった。

「これは、俺も初めて見る部屋だな。ディーン、隠してたのか」

「ふん、わざわざ見せるようなものでもあるまい」

ギルのお父様も遠慮がないが、私のお父様の返事もたいがいである。

そこは魔道具がいろいろと置いてある部屋だった。私も初めて訪れる部屋だ。

現在オールバンスの商会で扱っている新しい物もあれば、いつの時代の物かもわからない朽ちかけた魔道具も置いてある。時間があればゆっくり見て回りたいところではあったが、それは後でもできる。今はなぜこの部屋に連れてこられたかだ。

「お父様?」

「うむ、このあたりか」

お父様が棚から下ろしてきたのは、一抱えほどもある大きな箱だった。大人一人いれば十分抱えられるほどではあったが。それをテーブルの上に置くと、かちりと音を立てて蓋を開けた。

「おお、これはまた」

ギルのお父様の声が響く。大きな魔石が三つ、きれいな三角になるように配置された魔道具だった。

「これがおそらく、ウェスターが起動しようとしている結界箱と同じ物だ」

私とギルは思わずごくりと唾を呑み込んだ。その横でギルのお父様が肩をすくめて苦笑している。

「それを個人で所有してるってお前、さすがオールバンスというべきか」

お父様はちらりと棚を見上げた。似たような箱がいくつか置いてある。

「まさかまだあるのか」

ギルのお父様の言葉に今度はお父様が肩をすくめた。あるものをつべこべ言っても仕方ないと、お父様の声がしたような気がした。

「どうだ、これほど大きい魔石はあまり見たことがないだろう」

「「はい」」

私とギルは声を揃えた。魔石の訓練もだいぶ進み、個人持ちの結界箱の魔石くらいなら簡単に魔力を入れられるようになってはいたが、これほど大きい魔石は見たことはない。

「では、今は空のこの魔石を一つずつ手に取って、それぞれ魔力を注いでみろ」

いきなり難題が来た。お父様らしい。

これだけの魔石に魔力を注いだら倒れるだろうか。

私は少しためらった。しかし、倒れたからどうだと言うのだ。これができなければ四侯がウェスターを訪れる意味などないのだから。それに私には十分に力がある。そのうえ十分に訓練してきてもいる。

私は魔石に手を伸ばした。

「おい、ルーク」

心配そうに声をかけてきたのはギルのお父様だ。大丈夫です。むしろ心配すべきはギルですよと、そう答えようとして顔を上げると、ギルのお父様は一瞬息をのんで、ふうっと吐き出した。

「いや、なんでもない。さすがディーンの息子だな」

何のことだろうとその時は思ったが、私はどうやら微笑んでいたらしいとは後からギルに聞いた。その胆力はたいしたものだと。

改めて魔石に手を伸ばすと、手のひらにずっしり来るほどの重さだった。長い間からっぽだったそれに少しずつ魔力を入れていく。乾いた砂が水を吸い込むように、魔石は私の魔力を呑み込んでいく。魔石に負けないよう、一定の速度で、ゆっくりと魔力を流す。

ふっと反発が来た時、どのくらいの時間が経っていたか。私は魔石を静かに箱に戻すと、隣を見た。少しだけ汗をかいて、ギルが魔石と格闘している。しかし私とそう変わらない時間で、ギルも魔石を箱に戻した。ギルのお父様がほっとしたように息を吐いた。

「さて、どうだった」

「そうですね」

静かなお父様の問いかけに、私は自分の中に残った魔力量を確かめた。

「三つ、全ての魔石に魔力を入れるのがギリギリ、といったところでしょうか」

「ふむ、一一歳でそれはやはり破格の魔力量だな。もう少しいけるような気もするが。ギルはどうだ」

「俺はそうですね、三つ目の途中で倒れるような気がします」

「いい判断だ。自分の魔力量をギルは正確につかんでいるな」

お父様は満足そうに頷いた。そうしてまた別の棚に行くと、今度は小さい箱を持ってきた。小さい結界箱だろうか。お父様の手元を覗き込んでいると、あっさりと箱を開けて見せてくれた。

そこには魔石が三つ。さっきの結界箱の魔石とほぼ同じ大きさで、しかも魔力は入っていない。

「これも結界箱ですか」

「はは、いや、ちがう。これは予備の魔石と単にその入れ物だ」

「予備とかあっさり言うけどお前、これだけの大きさの魔石、俺はさっきの魔石以外見たことないぞ」

ギルのお父様があきれたように言った。お父様はにやりとした。もっとも、親しい者以外には、ほんの少し口の端を上げたくらいにしか見えないかもしれない。

「これを持たせてやろう。これがつまり、リアを探し出したことに対する、ウェスターへの褒賞だ」

「やりすぎだろう！　これがどれだけの価値があることか！」

今度こそギルのお父様は大声を上げた。

「うるさいな、お前は」

「だが」

「だが、ではない。たかだか三つの魔石に魔力を充填できない王族に、これだけの魔石を渡してもどうせ宝の持ち腐れだ」

「それならなおさら」

「ギル、ルーク」

お父様はいろいろ言っているギルのお父様を無視して私たちの方を向いた。

「「はい」」

「いいか、この空の魔石を、ウェスターの王家の前で充填して見せるんだ。やるのはルークがいいだろうな。幼いほうがより効果的だろう。それだけの力がない者が、結界箱を維持し続けるのがどれだけ大変なことか、それでわかるだろう。わからないようなら」

お父様は魔石の入った箱をかちりとしめた。

「ウェスターの王家は、これからずっと結界箱の奴隷となるだけだ」

そしてその箱をギルに手渡した。

「一回目は魔石ごと無料。しかし二回目以降は無償で魔力を充填するなどあり得ぬこと。そもそもうやって毎回我らを呼び出すというのだ。もっとも、どちらに転んでも、オールバンスは痛くもかゆくもない」

つまり、礼として魔石とその一回分の魔力の充填はしてやってもいい。しかし、二回目以降、その力が欲しければ金を払えと、そう言っているのだ、お父様は。

「辺境は今までも何とかうまくやってきたはずだ。自ら進んで結界の奴隷になりたい者に加担するいわれはない。ルーク、ギル、ガツンとやってこい」

私はウェスターを少し気の毒に思った。魔道具部屋での出来事は、結局お父様は、リアを利用しようとしたウェスターを許してはいないのだと、改めて確認することになったと言える。

しかし、ギルは少し引っかかりがあるようだった。私のお父様に、考えながらゆっくり話している。

「オールバンスについては、リアは必ずキングダムに連れ帰るから問題はないでしょう。でも、父様の弟、つまり俺の叔父上にあたる人は、キングダムから逃げるように辺境に行った。つまり、帰って来る気がないんじゃないかと思うんです」

「そう聞いている」

「父様も、無理に連れ帰らなくていいと言っています。けれど、一一歳だというその子どもに、俺たちと同じくらいの魔力があったら？」

ギルは真剣な顔をしていた。

「それをウェスターに利用されるのではないでしょうか。一八歳まで待つというキングダムの決まりが、辺境で尊重されるかどうか。そして、一八歳になって、完全にウェスターに縛りつけられたらと思うと」

ギルがまだ見ぬ身内にそれだけの思いを抱いているとは知らなかった。だが、仲の良い者にはとことん甘いギルのことだから、子どもだというその身内が気になるのは当然のことかもしれなかった。

しかし私はもっと自分勝手な気持ちでその者について気になっていた。

「皆はその者が心配かもしれないけれど、私はむしろ、その者がリアにとってなくてはならない存在になっていたらと考えると、どうしたらよいのかと苦しい気持ちになります」

私もそう素直に気持ちを打ち明けた。

「つらい時にリアを引き取って一緒にいてくれたという。それも半年間もです。離れたくないとリアが言い出したら……」

私もギルも思わず下を向いてしまった。ウェスターの王家とのやりとりなどなんとでもなる。でも、人の気持ちをどうしたらいいのか、それはとても難しいことなのだ。

「好きなようにしたらいい」

お父様の答えはこれだった。ちょっと冷たいと思ってしまったのは甘えだろうか。

「心配でウェスターに置いておきたくなかったら引っ張ってくればいい。リアが離れたくないというのであれば連れてくればいい。そして望んでウェスターの奴隷となると言うなら、そうさせればいい」

お父様が言うと答えは本当に簡単だ。

「要はリアさえ無事に帰ればいいのだ」

「本当に自分勝手な男だよ、ディーン、お前は」

ギルのお父様はあきれたように肩をすくめ、ギルを優しい目で見た。

「ギル、一一歳といえばルークと同じ。そしてお前が一一歳だった時、自分はどうだったか思いだしてごらん。周りの人に何か言われてその通りにしていたか？」

「していなかった」

「だよな、俺たちはこんなもんだ」

ギルのお父様はおかしそうに笑った。

「ルークはリアを大切な気持ちで思うがままに、そしてギルも自分が思うがままに振る舞ったらいい。きっとリスバーンのその子だって、思うがままに振る舞うだろうよ」

「それだけのことだ」

お父様が言い切った。

「おい、いい所をとっていくなよ！」

そうだ、悩んでも仕方がない。思うがままに、ガツンと行けばいい。明るくなったギルの目が私を向いた。どちらからともなく拳をとん、と当てる。思うがままにやろう。


いろいろ疲れてしまったパーティの翌朝、観光と社交をとごねるウェスター側をかわしつつ、その日の午後には結界箱を見せてもらうことになった。もちろん、魔力の充填も含めてだ。

やはりというか、イースターの王族も見学したいということで、快く許可が出ているらしい。その許可を出すのはウェスターではなく、能力を見せる私たちであるべきであるということはどこかに忘れ去られている。

まあ、魔力を充填すること自体は魔石が大きくても小さくても同じで、四侯のやり方が別に秘されているわけではないとお父様は言っていた。ただ、結界箱が城にあるから一般の人は見られないだけだと。

昼食のあと、私とギルは城の中の一室に案内された。扉の前には二人警備の兵がいて、厳重に守られていることがわかる。

中に案内されると、絨毯が敷き詰められた大きな部屋の真ん中にテーブルが一つ置いてあり、その上にそっと結界箱が置かれていた。お父様が見せてくれたのと同じ、大人の人が一人でやっと抱えられるほどの大きさだ。

ギルバート王子が誇らしげにその結界箱のふたを開けた。

「おお」

とかすかな声が上がるが、それは同行していたウェスターの貴族たちからの声だった。私とギルにとっては予想していた通りの中身であったし、イースターのサイラス王子に至っては、眉一つ動かさなかった。

それはお父様が見せてくれた通り、三つの魔石がきれいな三角形に配置された結界箱だった。

「二つと半分、ですか」

私は思わず声に出してしまった。魔石に魔力を充填する手伝い、ということで呼ばれたのだから、あえて充填していない魔石を置いておいたのかもしれない。私とギルが結界箱から顔を上げると、ギルバート王子が誇らしげに胸を張っていた。周りのウェスターの貴族も心なしか誇らしげだ。

「魔石のうち二つはほとんど私と弟で十分充填できる。問題は残りの一つなのだ。しかし、これ一つを魔力のある者に試させているのだが、なかなか全部に充填できなくてな」

その残りの一個の半分が問題らしい。

「この結界箱の魔石は何日ごとに充填しなければならないのですか」

「伝承では一〇日に一度と」

伝承では？　私はギルと顔を見合わせた。ギルが恐る恐る口に出した。

「まさかまだ起動したことはないということですか」

「もちろんだ。いきなり動かしたら、シーベルの民が慌てるではないか」

ここで初めてイースターの王子の表情が動いた。私の他には誰も見ていなかったようだが、あきれたような表情にだけは共感する。

「ええと、領都シーベルは確かイースターとの境界であるユーリアス山脈がすぐ北にあり、そちらは虚族も多くハンター以外は近寄らないと聞いています」

「その通りだが」

「いきなりシーベルで実験をせずに、そこで軍の野営の訓練として起動実験をしてみればよかったのではないですか」

ギルの言葉に部屋には沈黙が落ちた。ギルは思わず言ってしまった自分の言葉とその影響にハッとし、慌てて話題を変えた。

「失礼。それでこの残りの魔石に」

「そう、魔力を充填してもらえる人を派遣してもらおうと思ったのだ。まさか四侯が来るとは思わなかったが、ありがたいことだ」

素直に感謝を表す王子にギルの方が引き気味である。しかし、予想以上に行き当たりばったりの王族にあきれる気持ちが隠せなくなりそうだ。

確かにこの魔石一個の半分なら、四侯でなくてもキングダム内の力のある者を派遣すれば何とかなるかもしれない。やはり直接来て物事を見るのは大事なことだと実感した。

ギルが私の方を見た。

「ルーク」

「はい」

私は返事をし、脇に抱えていた小箱をテーブルにゆっくり置いた。

「ルーク殿、それは？」

残りの魔石に魔力を入れてもらえるのだと思っていたギルバート王子が不思議そうだ。私は何も言わず小箱を開けてみせた。

「おお！」

今度は部屋中にどよめきが起きた。イースターの王子ですら目を見開いている。

「こ、これは」

「オールバンスの愛し子たるリーリアを発見し、連れ帰ってくれたことに対するわが父からの謝礼の品です」

「なんと！　キングダムからではなく、四侯とはいえたった一貴族からの謝礼ですと！」

叫んだのはハーマンという副宰相だ。このでっぷりとした人の発言はいつも微妙に失礼である。

「最初から連絡しているとおり、キングダムはこの訪問には無関係。あくまでリスバーンとオールバンスの個人的な訪問ということになります。勘違いしないでいただきたい」

ギルがきっちりと大事なところを押さえた。

「では、ルーク、始めようか」

「はい」

「しかしルーク殿はまだ一一歳では」

私はそのギルバート王子の言葉を片手を上げて止め、その手で小箱から大きな魔石を一つ取り出し、ゆっくりと皆に見えるように魔石を充填し始めた。ごく淡い色からだんだんと濃い紫へと変わっていく魔石を、皆が息を飲んで見つめる。

やがて魔石から反発が来た。

「まず一つ」

私はその魔石を皆に見せたあと、小箱にしまう。そしてもう一つ魔石を取り出した。

「ばかな。それを！」

王子の声に構わず二つ目の魔石にことさらゆっくりと充填を始める。そして三つ目を手に取る頃には、誰も何も言う人はいなかった。お父様に話した通り、三つ目も多少疲れた程度で魔力を入れることができた。

私は疲れは表に出さないようにして、濃い色になった最後の魔石をそっと小箱に収めた。そしてふたを閉めると、ギルバート王子に手渡した。

「この魔石を使えば、今すぐにでも結界箱を起動することができるでしょう」

「おお！　感謝する」

王子は感動のあまり顔が赤らんでいた。

「ただし」

ギルの言葉に浮かれた室内は静まり返った。

「私たちは基本的にキングダムを離れられません。たとえ来られたとしても、成人したらここには来られなくなる。まして、一〇日に一回の充填ということを真剣に考えたら、それはやはり、ウェスターの中で魔力を充填できなければ意味がないのです」

「それは……」

そう言いかけたギルバート王子の頭には、リアとともにいるというリスバーンの少年の姿があったに違いない。しかし、ギルはきっぱりと言い切った。

「わが係累を当てにしているのであれば、彼もルークと同じ一一歳。今回は特別にルークが魔力を充填しましたが、本来ならば一八歳まではこの仕事はさせるべきではない。たとえ彼が、つまり私の叔父上が同意したとしても、そのようなことは認められません」

ギルの言葉に動揺したのは家臣たちの方だった。第一王子は落ち着いたものだ。

「もちろんだ。そもそもこの案件は何年も前から検討されてきた。今更数年遅れても問題はない。弟からは、アリスター殿がハンターを続けたいとの意志を確認している。ここで訓練をしてもらいつつ、貴族としての教育も施して、いずれ一八になったら協力してもらうつもりだ」

その間によい待遇を与え、ウェスターに帰属するよう導いていくつもりなのだろう。ざわつく家臣たちとは異なり、イースターの王子は静かだった。すぐに結界箱を動かすつもりがないというところで興味を失ったのだろう。

それにしても、見かけの貴族らしさとは違い、イースターの王子にはほとんど魔力がない。もしかするとキングダムの平民よりも少ないかもしれない。

ウェスターに来てから驚いたのは、民にも、下手をすると貴族にも魔力なしが多いことだ。キングダムの中で魔力なしと言われていても、それは魔力がないということではなく魔力が少ないという意味に過ぎないということが初めてわかった。

イースターは虚族の被害が少なく、それだけに広い土地を農業に使うことができていると聞く。いずれはイースターにも行ってみたいものだと思う。

「最後の一つに魔力を充填しますか」

ギルの言葉に王子は首を横に振った。

「本来はそうしていただこうと思っていたが、こうして予備三つ分の魔力をいただいたのだ。この一つは、ウェスター内で何とかするつもりだ」

「殿下！」

副宰相が何か言いたげだ。この際だから充填していってもらえということなのだろう。あきれたものだ。

結局、結界箱は起動させるのか、させないのか。

その答えは、意外にもリアによってもたらされることになった。

第二章

リア、帰る

兄さまと会えた翌朝、私はとても元気であった。

「今日の夜は家族でゆっくり」

と言われても、幼児が流ちょうに話せるわけでもない。ソファで隣に座って、目が合えばにっこりして、膝の上に乗せられて、私がいなかった王都での話をぽつりぽつりと聞かされて。早めに二人でベッドに入って、少しお話していたらいつの間にか二人とも眠っていて、気がついたら朝だった。

目が覚めると、隣に自分のとは違う金髪の頭があった。アリスターは私よりいつも早く起きるし、お屋敷では兄さまとは部屋は別々だったし、誰かが眠っているのを見るのは久しぶりのような気がした。

涼やかな淡紫の瞳は、まぶたの下に隠れていて、そうすると普段はしっかりして見える兄さまも年相応の幼い顔に見えるのだった。まだ一一歳なのに、こんな辺境にまで迎えに来てくれた。大変なこともあったけれど、ちゃんと楽しく暮らしていた私を、ずっと心配してくれていた。

私は兄さまの額にかかる髪の毛を、小さい手でそっと払った。それで目が覚めてしまったのか、兄さまのまぶたがぴくりとして、静かに目を開けた。その目が私をとらえると、兄さまは私の手をそっとつかみそのまま額に押し当て、また目をつぶった。

「にーに、おはようごじゃいましゅ」

「おはようございます、リア。なんて素晴らしい朝なんでしょう、リアの手で目が覚めるなんて」

そんなことを言われるとちょっと照れる。私がニコニコして、兄さまがニコニコして、それは温かい朝の目覚めになった。

「そういえば昨日は聞けませんでしたが、リアは結界が張れるようになったのですか」

「あい」

ふと真顔に戻った兄さまが真面目な顔でそう聞くので、私は正直に答えた。

「私はリアがいなくなった後、魔力や結界について、調べられるだけ調べたのですが、結界を張る力を持つ人の話などひとつもありませんでした」

「そうでしゅか」

私も聞いたことはなかったが、そもそも幼児なので、たいていのことは聞いたことがない。

「よかったらリア、今ここで、結界を張ってみてもらえませんか」

「あい、だいじょぶ」

しばらく結界を張る力は使っていなかったが、魔力の訓練は続けていたので大丈夫だと思う。私も兄さまも行儀は悪いが、寝巻のままベッドの上で向かい合って座った。

「ちいしゃいけっかい、しゅる」

兄さまにそう宣言すると、私は魔力を変質させていき、私と兄さまの周りを覆うだけの小さい結界を張った。

「おお」

兄さまは小さく声を上げると、結界のきわに手を伸ばし、結界に手を出し入れしてみている。そう大きくもない結界は維持するのにもそれほど力を使わない。兄さまは夢中になって結界を観察し、その兄さまを私が楽しく観察する、そんな時間が過ぎていった。

正直なところ、アリスターでさえまだ結界を張ることはできない。それは私と違って魔力が見えないからだと思う。私も結界を目で見ることはできないけれど、魔力を感じ取る力が強いらしいので、結界をどのように展開し、どう魔力が変質しているのかは割とわかる。

そして子どもっぽく目を輝かせて結界を確かめている兄さまを見ていると、兄さまも結界をしっかりと認識していることがわかる。

「魔力を自分で変質させているんだね、リア。兄さまにもできるかなあ」

あ、今。本当に出会ったばかりの頃のように兄さまが話してくれた。

いつからだろう、兄さまが誰にでも丁寧な言葉遣いをするようになったのは。お父様には最初からだった。でも私がさらわれる前は？　私には普通に話していたような気がするのだ。

もしかして、急いで大人になろうとしていたのだろうか。私は胸が締めつけられるような思いだったが、それを隠すとにこりと笑ってアドバイスをした。

「まりょく、しょとにだしゅ」

「できるよ、リア。私だって、ファーランドに行って修行したんだからね」

「ふぁーらんど」

ファーランドとは北の方だっただろうか。

「そう。虚族もやっつけたんだよ。優秀なハンターになれるって言われたんだ」

どうも兄さまはアリスターに対抗意識を持っているようだ。それなら少し安心させておこう。

「ありしゅた、けっかい、まだはりぇにゃい」

「そうなんだ。じゃあリア、もうちょっと頑張ってくれる?」

「あい」

兄さまは嬉しそうに笑ったあと、目を半分閉じて結界に手を伸ばす。

「魔力を、外に出す。リアの結界に合わせて、変質させていく。結界箱を思い出せ。魔石の魔力はどういう向きに変わっていた。魔力の質を曲げていく。リアに近付ける」

ぶつぶつ言いながら身にまとう魔力を変質させていく。私でさえ何週間かかかったのに。兄さまの魔力はどんどん結界に近くなっていく。

と、何かがかちりとはまるように、兄さまの魔力は私の結界と同じものになった。

「できた! え?」

「にゃに?」

兄さまの喜びの声とともに、確かに兄さまも結界を張ることができた。

しかし。

その結界は私の結界と共鳴し、爆発的に膨らんだ。

「にーに、とめりゅ!」

「リア、わかった! リアもだ!」

「あい!」

私たちはお互いを見てハッとすると、声をかけあって結界を張るのを止めた。

なんだ、なんだ今のは。

「リア、結界がどこまでふくらんだかわかりましたか」

「わかりりゅ」

「私もだいたいは……おそらくは」

「あい」

正直に言おう。シーベルの町全体を覆ったかもしれない。それどころか、そのまま結界を張り続けていたら、もっと広がったかもしれなかった。そして緊急事態のせいか兄さまの言葉はまた丁寧なものに戻っていた。

「まずいですね、魔力の強い者の中には、もしかしたら結界が張られたことに気づいた人がいるかもしれません」

「ごまかしゅ」

私はすかさず提案した。知らないふりをすればよい。

兄さまは私の言葉にあきれたような顔をした。

「辺境に行って変なことばかり覚えたのではないですか」

「しょんなことにゃい」

「まったく。でも、そうですね。どうしようもない」

兄さまは何かをあきらめたように肩をすくめた。

「よし、ごまかしましょう」

「あい」

「そうとなったら」

「あい？」

兄さまはコロンと転がると、布団に潜り込んだ。

「寝たふりですよ、寝たふり。夜更かししてまだ起きていなかったことにしましょう」

「りあも」

そうして私も兄さまの隣に潜り込み、ドアがノックされるまでクスクス笑いながらひそひそとおしゃべりをしていたのだった。

だって、そうでもしないと私も兄さまも震えが止まらなくなりそうだったから。兄さまはすぐに気づいたようだが、私は知らなかったのだ。結界箱はその範囲が広くなるにしたがって魔石の数が増えることを。魔石二つは、魔石一つの二倍ではなく、何倍にも増幅するということを。

そしてそれは、人が直接作った結界でも同じであることを、私たちは意図せずに証明してしまったのだった。

「キングダムに戻るまで、しらを切りとおしましょう」

「あい」

そういうことになった。

「なんだか、私たち、やっぱりお父様の子どもなんですね」

「ちかたにゃい」

「そうですね。しぶとくいきましょう」

「あい」

大丈夫、お父様。ごまかしてちゃんと帰るから。

うっとうしい奴《アリスター》

キーンと。なじみのある感覚が体を通り過ぎていく。俺はベッドからがばっと起き上がった。隣では俺のことをいやみったらしく叔父と呼ぶギルバートが同じように飛び起きていた。

思わず顔を見合わせる。この際、なんで同じベッドに寝ていたかということはどうでもいい。なんだかんだいっても話し込んでしまいそのまま寝てしまったのだ。

「アル、今の感覚」

「アルって呼ぶな！　ああ、結界だと思う。一瞬だけ結界が広がって、スッと消えた、そんな感じだった」

「そうか、やっぱりな。俺もファーランドで結界を通り抜ける感覚を体験しているから少しはわかるが、自信はなかった」

そう言うとギルは寝起きで少しぼさぼさしている髪をかき上げた。結局俺はギルバートのことをギルと呼ぶことになったんだ。距離が縮まるみたいでいやだったんだけど、いやおうなしにだ。しかも俺のことはアルって呼ぶという。そんな風に呼ばれたことなんかないのに。

俺は髪をかき上げるギルをぼんやりと見つめた。鏡で見るような自分と同じ色だ。トレントフォースにいた時、寝起きで見ていたのは柔らかい金色の髪とぷくぷくしたほっぺだったのにな、と思いながら。

「なんだ、そんなに俺はハンサムか」

「違う」

「すぐ否定すんなよ。ちょっとくらい悩め」

ギルはすぐに軽口を叩くんだ。それはバートたちとは違って、なんだかむずがゆい感じがして、ちょっと慣れない。

「あんたがハンサムかどうかじゃなくて、この間まで一緒にいたのはリアだったなって思って」

「おんなじ部屋だったのか。それはルークには言わないほうがいいな」

「なんなんだよ、あいつ。俺に張り合うみたいに」

「張り合ってるんだろ、実際。何よりリアが大切な奴だからな」

そんなこと言われたって、四侯の跡継ぎとして、最高の待遇と教育を受けてきたんだろ。何もかも俺より上のはずだし、俺と対抗する意味がわからない。いや、違った。

「そんなこと言ってる場合じゃない。シーベルでは毎朝結界が発動するとか何かなのか？」

「まさか。肝心の結界箱ですら実際に発動したことはないそうだ。実際ここに滞在してから一度もこんなことはなかった」

「なら小さい結界箱か。いや、それならよほど近くで発動しない限りこの部屋まで結界が届いたりしない。ってことは、これはリア！」

俺はベッドから飛び降り部屋から飛び出そうとした。

「がっ」

しかし後ろから服をつかまれ、首がしまって変な声が出てしまった。

「何をするんだ！　リアが結界を張るときは、危険が迫ってる時なんだ！　助けに行かないと」

「しっ、静かに」

俺はそのギルの言葉に思わず動きを止めた。

「なんで」

「落ち着け。いいか、結界が効くのは何に対してだ」

「それは……虚族だ」

「城の中に虚族が出る可能性は？」

「……ない」

「リアが虚族以外で、危険を感じた時結界を張ると思うか？」

「……思わない」

「だからたぶんリアは無事だ」

落ち着いたギルにかえってイライラする。

「だったらなんでだ」

ギルはたぶん心当たりがあるのだろう。少し気まずそうに視線をそらした。

「あー、リアは結界を張れるよな」

「ああ」

「それを知ったら、アルはやりたくならなかったか？」

「……なった。ああ、あいつか」

「おそらくな」

ギルはまだ俺の服の後ろをつかんだまま、ドアの外を見た。

「調子に乗ってやりすぎたんだろうなあ」

それは本当の弟のことを案じているような優しい言い方で。なんでか心がちりっとしたんだ。

「でも、俺だってまだ結界を張ることはできてないんだ。たった一晩でできるようになったっていうのか。まだリアがやったっていう方が信じられるよ」

「だって、お前のリアは調子に乗って大きい結界を作ったりするのか？」

「調子には乗る。けど、慎重で無茶はしない」

「なら、やっぱりルークだ。あいつらがちょっと特殊なの、アルも知ってるだろ」

リアが特別なのは知ってる。しかし、あいつらがと言われても俺はルークのことはわからない。

「四侯は、みんな同じじゃないのか」

「違うんだよ。リスバーンとオールバンスは他の二侯より魔力が大きい。そして王家はさらに大きい。

そして、オールバンスはどうやら、魔力を感じる力が強いらしい」

「確かに、リアは魔力が見えるみたいなんだ」

俺は思わずそう言っていた。

「やっぱりな。ルークもルークの父さんもそうなんだ。そしてそれをなんでもないことのように思ってるから、ちょっとむかつくんだよな」

むかつくと言っている割には嫌そうな顔じゃない。

「おそらく、リアから結界の張り方を聞いて一発でできたんだろうな。俺ができるようになるにはどのくらいかかることか……」

ギルは遠い目をした。俺はそのギルの言葉がちょっと意外で、そしてちょっと嬉しかったんだ。ギルは自分に魔力を見るほどの力はないことを知っていて、それでも当たり前のように挑戦しようとしている。つまり、リアより全然できない俺でも、努力していることが正しいって、そう言われているような気がしたから。

「まあ、それは後でいい。いいか、ウェスターの王族は気づいたはずだ。それに魔力持ちなら何らかの感覚はあったはず。しかし、ヒューバート王子はリアの秘密を守ることに同意したはずだから、何も言わない。つまりだ」

ギルは俺の襟元をつかんだまま、俺を見下ろしてこう言った。

「何かあったらしいが、俺たちは知らない。しらを切りとおすんだ」

「じゃあそのことをリアたちにも言わないと」

「あいつらなら、この事態をどうすると思う？」

ギルは一言一言区切るように俺に問いかけた。

ルークはどうするかはわからない。でも、リアなら？

「なかったことにする」

「だろ？　それがオールバンスだ」

なぜそんなに自慢そうな顔をするんだ。

「さ、何も起きなかった。何も気づかなかった。もう一度寝ようぜ」

ギルはさっさとベッドにもぐりこんでしまった。仕方ないから俺はもう一つのベッドに行こうとした。

「なんだよ、こっち入れよ」

「いやだ」

「一緒のベッドでおしゃべりして、夜更かししたから寝過ごして気がつかなかったって、その方が説得力があるだろ」

そう言われたら仕方がない。しばらくして城の者が遠慮がちに起こしに来るまで、結局同じベッドでぽつぽつ話をすることになったのだった。

やはり王族は気づいたらしいし、魔力のある者には何らかの感覚があったらしい。それが城の中から外へ広がったことに気づいた者もいて、遠回しに俺たちにも何か心当たりはないか聞かれたのだが、

「そのような感覚には敏感な方なのですが、よほどぐっすり眠ってしまっていたのでしょうね、気がつきませんでした。リアとおしゃべりするのに忙しくて夜更かししてしまって」

と妹を大切そうに抱き上げるルークを見たら、それ以上追及しようがなかったし、リアは抱き上げられたら楽しそうにキャッキャしてまるで普通の幼児のようで、リアに何かを聞こうとする人など誰

もいなかった。

バートたちも同じだ。

「なんだかおかしな感覚があったが、城で何かあったのか？」

と逆に不審そうに問いかけてくるとなると、城の者もどうしようもない。

それは俺たちも同じで。

「語り合ってたらいつの間にか同じベッドで寝落ちしていた」

というギルの言葉を疑う者は結局いなかったのだった。

俺はほんのちょっと思ったんだ。大丈夫だろうか、ヒュー王子。ウェスターという国は、こんなに騙されやすくて、いいのかって。

◆

兄さまの言う通り、というか兄さまには、

「最初にごまかすと言ったのはリアでしょう」

と言われたが、それにしてもみんな見事なとぼけっぷりだった。バートたちなど、何か感じたのは確かだが、一体何があったのかと逆にウェスター側に問いかける始末だ。アリスターは心配性だから、すぐに心配して部屋にやってくるかと思っていたら、そんなことはなく、どうやらギルに止められたらしい。

「アルはもう少し落ち着いた方がいい」

「ギルだってもう少し落ち着いた方がいいだろ」

などと言い合っている。それにしても、一晩で仲良くなったものだ。もう愛称で呼び合っているとは。私も呼んでみよう。

「ありゅ」

「リア」

アリスターは情けなさそうに私を見た。

「リアにそう言われるとなんだか変な気持ちがする。これまで通り呼んでくれないか」

「ありしゅた」

「うん、それでいい」

アリスターはにっこりすると、いつも通り私と手をつないで歩き出そうとした。これから王に謁見なのだ。

「待ってください」

「え」

つないだ手は兄さまによって静かに離された。

「私が連れて行きます」

私は正直なところ、どちらに連れていかれてもいいのだが、私の上で何かがバチバチ飛び交っている。困ったなあと思っていると、ミルがやってきて私をひょいっと抱き上げた。

「もたもたすんなよ。さあ、行くぜ」

ほんとにこの人は身分も、状況もお構いなしなのだ。でもそれでやっと動くことができた。

「さ、ウェスターでの仕事は既に済ませてありますし、王に挨拶したらすぐにキングダムに戻りましょう。今日は無理でしょうから、明日かな」

兄さまが隣でぶつぶつ言っている。早く帰れば、お父様に会える。

でも。

私はアリスターを見上げた。結局、アリスターはどうするつもりなのだろうか。

「ありしゅたは？」

「俺？　俺は」

アリスターはその先を続けず、ただ前を向いた。

「そうだった。仲良くなるのに時間を取られて、肝心のアルの将来のことを何にも話してないじゃないか」

ギルがしまったというように額に手を当てた。

「俺は！」

アリスターはギルを見上げ、それからはっとして私を見た。

「ありしゅた、りあ、だいじょぶ。しゅきにちていい」

「俺は！　キングダムには行きたくない。でもリアとは……」

そう言ってまたうつむくアリスターから、離れたくないんだ、と小さな声がしたような気がした。

私だって離れたくない。アリスターとも、バートたちとも。

けれども、バートたちにはハンターとしての生活があり、アリスターにはキングダムに来る動機がない。たとえ来たとしても、アリスターはリスバーン家に入り、学院に通うから結局時々しか会えないのだ。

「きんぐだむ、あしょびにきて」

それが一番いい。

「俺も遊びに行きたいなあ」

「みりゅ、あしょびにきて」

「はは。でも、俺たちはキングダムには入れても滞在はできないんだよなあ。な、バート」

「そうだな」

バートは頭を掻きながら頷いた。

「リアはそういえば知らないのか。キングダムに滞在するには、許可証が必要なんだよ」

「ちらにゃかった」

だから交流が少ないのか。じゃあ、遊びに来ることもできないのか。

「そちたら、りあ、あしょびにくる」

「え、リアが?」

アリスターが驚いてミルに抱っこされている私を見上げた。

「あい。にーにとくる」

「私とですか？」

突然話に出された兄さまも驚いたように見上げた。一人でだって来たいけれど、きっと許してくれない。それならば、遠慮なく頼れるものは頼ってしまうのだ。

「ありしゅた、なかよち。ばーと、みりゅ、きゃろ、くらいど、なかよち。わしゅれたく、にゃい」

「リア、お前」

バートの声は震えていた。ミルが優しく私を揺すり上げた。

「そうだなあ、一緒にいて、ずっと楽しかったよなあ」

しんみりした空気になってしまった。

「やれやれ、これでは先に話さなかった私たちが悪者みたいではないですか」

兄さまが肩をすくめた。

「リアが先の話をするのが早すぎるんだろ」

ギルも肩をすくめた。

「廊下で話すのもなんですが、アリスターも含めて、ハンターの皆さんにはキングダムの滞在許可証を用意しています」

「え、キングダムに行けんの、俺たち」

こういうことを言えるのはやっぱりミルである。

「はい。出入り滞在自由の正式な許可証です。これがリアを助けていただいた礼の一つとなります」

「じゃあさ、バート、俺たち結構金も稼いだし、ちょっと時間があったら行ってみようぜ」

「ミル、それはまた後でな、みんなで相談してからだ」

アリスターも嬉しそうに私を見上げた。

「俺も。それなら俺も会いに行くよ」

「あい！」

それでも寂しいが、会えなくなるよりはずっとましだ。

「さ、王の間でございます」

案内してくれた人がそう教えてくれる。

「来た時以来だな。また貴族がずらりと並んでたりしてな」

「まさか。王にリアを見せて帰りの挨拶をするだけですよ」

ギルは冗談のつもりだったようだが、そのまさかだった。大きく開いた扉の向こうの奥の一段高くなっているところには王と王妃と王子がいて、扉と王たちの間には着飾った貴族がずらりと並んでいる。

「ちょっと待て、俺たちはいらねえんじゃねえか」

バートが尻込みをしている。

「一緒に来いと言われたのだから、いいのですよ」

兄さまはあきらめたようにそう言い、私を下ろすようにミルに合図した。

「さ、リア、アリスター、不本意でしょうが、あなたたちが主役です。隣を歩きますから、あなたたちがまず先に」

私はアリスターと目を合わせて頷いた。見世物になって事態が収まるのなら、それでご飯が食べられるのならそれでいいではないか。既に旅の間に、私たちはしっかり割り切っていた。

そして二人並んで一歩踏み出した。それぞれ私の隣には兄さま、アリスターの隣にはギルが付き添っている。

おお、というどよめきと共に、拍手が起こる。どのような話になっているのかわからないが、ウェスターの王家がいなくなった四侯の血筋を無事助けた感動的な話ということなのだろう。

私はできる限りさっそうと歩いて、王の側までやってきた。そこにはヒューもいて、ヒューなりに優しい表情を作っていて、私と目が合うとほんの少しだけ眉を上げた。ちょっと安心した。

しかし、その手前、並んでいる貴族の一番端のところに、なぜか違和感を感じた。貴族なのだが、たたずまいが違う。私はふとそちらをみて、ひゅっと息をのんだ。

感動で皆が手を叩き、横にいる人とその感動を分かち合う中、一人静かにこちらを見ている人。その怜悧《れいり》な細められた目の色は、黄色。

薄明かりの中でお互いに見つめ合った、その黄色い目だけ覚えている。脅して、私を連れ去った人。乱暴に放り投げた人。弱っても、死体でもいいから捜し出せと冷たく言った人。

その人の口の端がほんの少し上がった。

間違いない。

こいつは悪い人。

「リア、どうした？」

バートの声に返事もせず、私は肩にかけていたラグ竜のポシェットを外した。ひもを短く持つ。そのまますたすたと黄色い目の男の方へ歩いて行った。男の眉が上がる。

私は男の前で立ち止まると、男を見上げた。しばらく目が合う。周りは何が起きているのかとざわざわしている。私は男との距離を測り、横を向いてポシェットをぶらぶらさせた。

「リア、何を」

あわてたような兄さまの声とともに、思いっきり体をひねった。

ゴン。ポスっと当たるかと思ったラグ竜は重い音をたてて男の脛に当たった。

「っつ！」

男は思わず声を漏らすと、しゃがみこんで脛を押さえた。

どう？　魔石入りのラグ竜は、結構重いのだ。

しゃがみこんだ男と間近で目が合う。

「お前……」

「わりゅいやちゅ。りあ、わしゅれにゃい」

にらみつける私に、男は顔をゆがめて手を伸ばしたが、その手が届く前に私はぐっと後ろに抱き取られた。バートだ。

そしてその前に兄さまがすっと出てきた。

「なんということだ。赤子のこととはいえ、妹が失礼を。申し訳ありません」

そうして両手を広げて、皆に聞こえるように大仰に謝罪した。幼児ではなく、あえて赤子というところを強調して。

「大丈夫ですか」

「なに、ぬいぐるみが当たっただけのこと。妹御は、ご機嫌が悪かったと見える。ははは」

男は空々しく笑った。

「リーリア、謝罪を」

兄さまの言葉に、私はプイと横を向いた。私をさらったことを先に謝るべきでしょ。

「リア」

「あい。ごめなしゃい」

しかし二回言われたら、そこは意地を張ってはいけない。私はすぐに謝った。これで私は、ちょっとわがままだけれど、かわいらしい普通の幼児として皆に認識されたはずだ。

それに、こんなに皆のいる前で、私になにかするわけにもいかないだろう。私は悪い奴から顔を背けると、王様の方を向いた。

「おりりゅ」

「もうやんちゃするなよ」

降りると言った私に、バートは念を押して下ろしてくれた。兄さまに連れられてアリスターと並ぶ。

「アリスター・リスバーンです」

「りーりあ・おーるばんすでしゅ」

私たちは堅苦しい挨拶などできない。これでいいのだ。それにしても、アリスターがリスバーンを名乗るとは思わなかった。

挨拶を聞いた王は、鷹揚に頷き、まずアリスターに話しかけた。

「親を亡くし大変な思いをしたと聞く。領都シーベルで、こちらの庇護のもとこれからは伸び伸びと暮らすがよい」

「はい。ありがとうございます」

そして私をちょっと厳しい目で見た。いたずらな子どもを見る目だ。

「そなたは」

「まあ、なんと愛らしい」

隣にいた王妃が王をさえぎると立ち上がって段を下りてきた。波打つ茶色の髪、優しい茶色の瞳。

私は思わず手を伸ばした。王妃は私をさっと抱き上げると、慣れたようにふわっと抱っこし私の顔を覗き込んだ。

「まだ小さいのに、よく頑張ったわね。あなた、まったく男の人たちときたら！　大きな人たちが怖い顔をして見下ろしていたら、身を守りたくもなるでしょう。もっと優しい顔をしてくださらないと」

結構無茶な注文をする。しかしこれで私の失礼な態度はうやむやになり、謁見はそのまま終わるとそのままざわざわと別室に流れ、そのまま貴族たちとの簡単な昼食会となったのだった。

王妃様、ありがとう。

私たちは会食が始まるその前に隙をついてほんの少しだけ会場を抜け出した。ヒュー王子も合流する。

「リア、まさかあの方が」

「りあたち、おしょった。わりゅいひと」

「まさか！　確かに目の色は黄色だが、あれはイースターの第三王子だぞ！　そんな立場の者が、なぜあんな危険なことをする」

ヒューはそう言うが、他人事ではなかったではないか。

「りあだけじゃにゃい。ひゅーもおしょった」

「しかし」

ヒューは信じられないようだ。あいつが悪者なのは確かだ。でも、私だって理解できない。なぜ一国の王子が私を襲うのか。

「にーに、いーしゅた、きんぐだむ、なかわりゅい？」

「まったく。関係はきわめて良好です。私もにわかには信じられませんが」

兄さまは仲が悪いかという私の質問をすぐさま否定した。しかし、何か思うところがあるようだ。

「しかし、なんとなく態度が嫌な感じではあるんですよ。殿下、襲撃を受けた立場の者として、サイラス王子を犯人として追及できますか」

ヒュー王子は首を横に振った。

「無理だ。直接顔を見て目の色まで確認したのはリアだけなんだ。今からケアリーまで使いを出し、本当に彼らが商売していたのかは確認するつもりだが、リアの、幼児の証言だけでは弱い」

「弱いどころか、国際問題になりかねませんね」

ヒューも兄さまも難しい顔をしている。

「そもそも彼らがリアをさらった犯人なのか、事件に便乗しただけなのもわからないし、今騒ぎ立てられるのはまずい。それにしても、リアの言うことが本当なら、私たちを襲ったうえで何喰わぬ顔をしてウェスターの城に滞在しているということか」

本当に、もしそうだとしたら、あまりの悪人ぶりにめまいがしそうだ。

「さすがにキングダム内で、公に行動している四侯の身内を襲う者はいないでしょうし、やはり私たちは早く帰りましょう」

そのキングダムの王都内の自宅でさらわれたのが私なわけだが、確かにウェスターよりは安全なのだろう。

「それより殿下、むしろ大変なのはウェスターです」

「ああ、他国の王族にかき回されるのはまずい。私がきちんと話をして、警戒を強めよう」

「それがいいでしょう。失礼な話かもしれませんが、ウェスターは辺境だというのに、キングダムよりその、理想主義的で」

ヒューは兄さまの言葉に何とも言えない顔をした。自分の父と兄の性格をわかっているのだろう。

「それにしてもリア、本当に驚きました。なぜあんなことを」

「りあをしゃらって、ぽいってちた。わりゅいひと。やっちゅける」

「リア」

兄さまだけではなく、みんなが肩を落とした。

「リアをさらった悪い人なら、リアは怖がって逃げるべきです。見つけた途端に反撃に行くなんて、まったく」

「ブッフォ」

ついにキャロが噴き出した。そろそろかと思ってたよ、まったく。

「お前、ぬいぐるみで叩くとか、いや、そもそも一歳児に反撃されてもまったく応えないだろうよ、意味ないだろ」

私はにやりと笑ってミルを見た。

ミルもにやりと笑った。

「まあ、そうでもないよなあ、リア」

「あい」

私はミルの言葉に頷き、キャロにぬいぐるみを手渡した。

「お前これ、ごつごつ、あ！」

キャロはいぶかしげな兄さまにぬいぐるみを手渡した。

「このふわふわした物が何か、え？」

兄さまはラグ竜をぎゅっぎゅっとつぶしてみている。ああ、大事にしてね？

「この硬さ、中に何が？」

「でっかい魔石さあ」

ミルもにやりとした。

「いい音してたなあ、リア」

「あい。ごん、てちた」

「これ、これは痛いですよ。リアは知ってて、ああ、まったくもう」

ちょっとは復讐になっただろうか。少なくとも、ほんの少しだが私の気は済んだ。

その後兄さまにはぎゅうぎゅう抱きしめられたが。

会食に戻った時には、イースターの王子はもういなくて、国元から連絡があり急遽帰ることになったと知らされた。きっと都合が悪くなったから逃げたに違いない。

「まさか、幼児が自分を覚えているとは思わなかったのでしょうね。覚えていても何とかなると」

誰が一歳児の話を信じるというのか。でもその一歳児は私だった。そして、周りには信頼できる人がたくさんいた。とりあえず逃げる以外になかったのだろう。

「課題は残りましたが、明日には帰りますよ。国境はすぐですからね」

「あい」

そうしたらもうすぐお父様に会えるのだ。

その日の夜は、王妃様の希望もあって、王族との気軽な会食となった。とはいえ、バートたちは遠慮して参加しなかったので、オールバンスとリスバーン、そして王様の家族という少人数のものだった。アリスターは緊張していたが、私は幼児で身分などわからないので緊張しない。私はアリスターにあきれた目で見られながら、もりもりとおいしいご飯を食べていた。

「それにしても、わざわざお二方に来ていただいたのに、やはり長期的に見るとまだ結界箱を使うのは無理だとわかったのは残念だったなあ」

こう口に出したのはギルバート王子だ。この人とヒューバート王子の魔力量が多かったため、理想に燃えて町を覆う結界箱を発動させようとしていたのだという。

「まだあきらめてはいない。しかし、綱渡りのような運用をして、王家が疲弊しては結局国が弱ってしまうということだな」

「そこに気づいてくれてよかったです。結界を張り続けるということは必ずしもプラスばかりではないと思うのです」

こちらのギルが静かにそう答えた。それは結局、アリスターがシーベルに来なくても大丈夫だったということだろうか。私はアリスターを見た。アリスターはちょっと苦笑いをしている。

少なくとも、アリスターが今すぐにウェスターに利用されるということはなさそうだ。

「アリスターについては、結局どこに行ってもリスバーンの名前が付いて回る。そろそろ覚悟してその名前を背負って生きなければならない」

ギルがアリスターを見ながらそう言い切った。アリスターは少しむっとしながらも、ちゃんと頷いている。一晩一緒の部屋で過ごして、きちんと話し合ったのだと思う。

「けっかい、はりぇにゃい？」

「時々張るくらいなら大丈夫なんだが、毎日張るのは難しいんだよ」

ギルバート王子がまじめに答えてくれた。自分にも子どもがいるからか、子どもの扱いには慣れているらしい。その子ども二人も一緒に食事を楽しんでいて、さっきからきらきらした目を向けられている。三歳と五歳の男の子だ。

これは後で、アリスターと一緒にちっちゃい子どもたちと積み木で遊ぶパターンだな。あるいは王妃様に連れられて着せ替え人形になるか……。私はちょっと遠い目をしたのだったが。

毎日結界を張るのは難しいのか。私はもぐもぐしながら考えた。そもそも、なぜ毎日結界を張らなければならないのか。

「はりゅひ、はりゃないひ、あっていい」

「そうはいっても、結界を張っている日と張っていない日があったら混乱するだろう」

意外な発言だったようでちょっと答えるのに間があった。

「おやしゅみのひだけ、はったらいい」

「おやしゅみ？　ああ、お休みの日か」

ヒュー王子が言い直している。私は思い出していた。さらわれて、キングダムのどこかの町で夜を過ごした時、人がたくさんいてにぎやかで、おいしそうな匂いがして楽しそうだったことを。

「おやしゅみのひ、きめて、けっかいはりゅ。やたい、おいちいもの、だしゅひ」

月に何回か夜に外に出られる日があってもいいのではないか。

「夜に市を開く、ということか。日を決めて、月に三回、あるいは六回。それならば王族の魔力だけでいける」

私の言葉にハッとしたギルバート王子は、ヒューと目を合わせて頷いた。

そういうのもいいんじゃないかな。

それより、私はさっき運ばれてきた、ほんのりとピンク色の、いい匂いのする皿に目をつけていた。デザートにちがいない。

「なんと賢い子だろう。幼児が辺境で生き延びるとは、どのような幸運によるものかと思っていたが、どうやら幸運だけではなさそうだ。ルーク殿、オールバンスは得難い宝をお持ちだったようだな」

「はい、まことに」

なにか話しているが、私はデザートが欲しい。

「にーに、あれ、ほちい」

「そのあんずですか」

「あい」

兄さまが少しだけ取ってくれた。甘い匂いのするそれは、やはり果物を甘く煮たものだった。スプーンですくって、一口。

「おいちい」

「そうですか、それはよかった」

ウェスターで市が開かれようとどうだろうと私は構わないのだ。いや、これからも私はシーベルに遊びに来るだろう。夜に市が開かれていたら、それはそれで楽しいのではないか？

私は兄さまをキラキラした目で見た。

「にーに、やたい」

「いけません。大きくなるまで、夜に出かけるなどもってのほかです」

「あい」

私はスプーンを握りしめたままがっかりしてうつむいた。もし市が開かれるなら私のおかげなのに。

でも待って？　兄さまが一緒なら？

私は期待を込めて兄さまを見上げた。

「うっ。そんな目で見てもダメです。自分がどれだけさらわれやすいか、リアは自覚したほうがいい」

「あーい」

私は口を尖らせて返事をした。一回さらわれて、その他に二回さらわれかけたのだから、それはそうかもしれない。まあ、大人になるまでに楽しいことはきっと他にもあるだろう。

私は残りのデザートにスプーンを伸ばした。兄さまが「あぶなかった」と言っていたような気がするが、連れて行ってくれないなら聞く必要はないのである。

案の定、寝る直前まで子どもの相手をさせられたが、エイミーの友だちだった私に死角はない。兄さまも含めて、子どもだけで楽しく遊べた。

そうしてまた兄さまの部屋で一緒に寝て、帰る日の朝が来た。準備をして、みんなに挨拶をして、それから恒例のように町を練り歩いて帰らねばならない。

バートたちは国境までは付いてきてくれるという。

町を出るまでは、バートに抱っこしてもらって、兄さまやギルと一緒に町の人に手を振った。もうなんでもありだ。四侯の人気を高めるだけ高めて帰ろう。笑顔がひきつりそうだけれども。


やっと町の外に出て一息ついた。実は大切なのはここからだ。町から少し出たところには簡素な竜車と護衛が待っていた。

「リア、大丈夫ですか」

「あい」

竜車の前でバートに降ろしてもらう。

「さ、出てきても大丈夫ですよ」

兄さまのその声で、竜車から降りてきたのは。

「せばしゅ！」

「リア様！」

髪を撫でつけてもいないし、お仕着せも着ていない。少し色が黒くなって、髪に白い物が増えたかもしれない。それでも顔に浮かんだ優しい微笑みは、確かにセバスだった。

手を思い切り伸ばして、セバスに抱き上げてもらう。

「おお、こんなに重くなって。リア様、大きく、ご立派に育ちましたな」

「あい。りあ、がんばりまちた」

「さすがはクレア様のお子です。きっとどこに行っても、明るく、みんなに大切にされていると思っておりましたよ。セバスは心配などこれっぽっちもしておりませんでした」

「あい！　りあ、いちゅもたのちかった」

小さい頃抱き上げてくれたそのままに、セバスは私を優しくゆすった。

セバスの胸に寄り掛かったまま、どのくらい優しい時が過ぎただろうか。

「リア様」

セバスが静かに私の名前を呼んだ。

「あい」

「ハンナの、家族に」

私ははっとしてセバスの顔を見た。セバスはちらりと竜車の方を見た。

「お会いに、なりますか」

「まさか！　セバス！　連れてきているのか！　ばかな」

兄さまはセバスを責めるように言うと、竜車の方を強い目で見た。

「にーに、めっ」

私は兄さまを止めた。

「リア、でも」

「にーに、りあのこと。りあがしゅる」

もうすぐ二歳とは言え、幼児が自分のことだから手を出すなという。本当はおかしいことなんだろう。

「リア」

兄さまはこぶしをぎゅっと握りしめると、口を引き結んで、引き下がった。

「せばしゅ、おりりゅ」

セバスは私を降ろすと、竜車に声をかけた。

すると竜車からセバスよりも若い女性と、兄さまより少し大きい男の子がおずおずと降りてきた。

その人は私を見るとハッとして深々と頭を下げた。頭を下げる前に見えたのは、ハンナと同じ青い瞳だった。男の子の方は、やっぱり口を引き結んで、黙って頭を下げた。

この人たちが、ハンナのお母さんと、弟。

私はラグ竜のポシェットをごそごそと探った。黄色い目の王子にぶつけた時に、壊れたりしなかっただろうか。あった。

私は細い金のネックレスを取り出すと、頭を下げているお母さんに近付き、手のひらに乗せてそっと差し出した。

「こ、これは、私がハンナに買ってあげた……」

「はんな、だいじにちてた」

お母さんは震える手をネックレスに伸ばし、私はネックレスをお母さんに握らせた。

さらわれたからといって、私だけがつらい思いをしたのではない。

私はちゃんと説明する責任を果たさなければならない。

「はんな、もういにゃい。リアのしぇい。ごめなしゃい」

「お嬢様、いえ、いいえ。お嬢様を連れ出したのはハンナです。それなのに、これだけでも、帰ってきてくれた。ハンナ、ハンナが……」

崩れ落ちたお母さんの肩を、男の子がしっかり抱いて、私を見た。私のお付きにならなければ、ハンナは罪を犯さずに済んだ。しかし、私はうつむいたりしない。そのことをちゃんと背負って生きていく。

私は何も言わず、頷き、背を向けた。

「せばしゅ、いっちょに、かえりゅ」

「私はキングダムには、もう戻りません。ここで暮らします」

知ってた。それでも、言わずにはいられなかった。

セバスだって、私に関わらなければ、今でもオールバンスで仕事をしていたのかもしれないのだ。でも、セバスの静かな目は、後悔はないのだと言っていた。

「しょれなら、りあ、あいにくりゅ」

「本当ですか。それではセバスも、それを楽しみに生きねばなりませんね」

「あい。にーにがつれてくりゅ」

「やっぱり私がですか」

兄さまは緊張を解いてあきれたように笑った。

私はセバスの足にぎゅっとしがみつき、背中をぽんぽんとしてもらうと、そっと手を放した。もう泣いたりしないのだ。

「あいにくりゅ」

もう一度そう言うと、セバスにも背を向けた。

「リア様。お元気で」

「あい。せばしゅも」

そう返事をすると、振り向きもせずに、すたすたと歩き去った。いや、本当は数歩だったのだけれども、いつもはからかう皆も、何も言わずに私をかごに乗せ直してくれた。

「がんばったな」

かごを閉めながら、クライドがそっとそうささやいた。

少なくとも、私は生きているのだから。ハンナのお母さんの前でめそめそしたりできるわけがない。

私たちを見送りながら、ハンナの弟が、

「あんなにいい子で、俺は一体だれを恨んだらいい」

とつぶやいたのも、

「リア様なら、それを間違えたりしない。悪いのは、悪い奴らだ。嘆いても、過去は戻らないし、未来もない」

とセバスが答えたのも、知るよしもないことだった。

シーベルから国境までは実はとても近い。朝に出て、途中でお昼を食べても、午後のうちにはキングダムに入る。

秋の草原は楽しいけれど、私の心は複雑に揺れていた。

早く帰りたい。でもみんなと離れたくない。帰りたい。でも。

もう決めたはずの心が、草原の風に吹かれる枯草のように揺れて落ち着かない。ラグ竜も何かを感じているのか、心なしか足取りが重い。

そんな中、バートが竜を私のかごに寄せてきた。

「ルークさん、リア、そろそろ国境だろう。そのあたりに、何か集団がいるぞ」

バートはハンターだ。誰より目がいい。気がつかなかった護衛がざわついた。兄さまはギルを見て、頷いたギルがバートに尋ねた。

「バート、人数は」

「こちらよりは少ない」

「それなら、様子を見ながらゆっくりと進もう」

そういうことになった。私たちは緊張しながらゆっくり進んでいく。

「あれは……ルークさんと同じような白い服の人が一人。そして黒服が護衛のように周りに控えているぞ」

「なんですって！　まさか」

兄さまはまたギルの方を見た。ギルも少しあきれたような顔をして兄さまを見ている。

「どれだけ無理をしていらしたのか。竜をとばしてきたに違いありません。護衛隊の人たちも、毎度毎度ご苦労なことです、本当に」

兄さまはやれやれと肩をすくめている。

「にーに、だりぇ」

「リア、おそらくお父様ですよ」

「おとうしゃま！」

まさか！　いつ帰ってくるかもわからないのに、迎えに？

「そうとなったら、急いでも大丈夫です」

ゆっくり進んでいた私たちは、少しスピードを速めた。やがて私の目にも、集団が見えてきた。

草原の風に吹かれているのに、まるで家にいるかのように涼しい顔をした人。

「まじか。草原だぞ。椅子に座って、というか足を組んでくつろいでるって、いったい」

バートが思わず漏らすほどに自然体だ。いつものように長い髪を後ろで一つにきっちり結わえている。あんまりきっちりしているから、草原の風でさえそれを揺らすことができないほどに。

「おとうしゃまー」

「キーエ」

私の声が草原に響く。座ったままのお父様の口元が、ほんの少しほころんだ。竜は返事をしなくてもいいのに。

「護衛隊がまるでオールバンスの私兵のようです。まったくお父様ときたら」

兄さまがあきれたように頭を振っている。私たちの集団は、お父様たちの少し前で止まった。どうやら、ここが国境のようだ。

「おりりゅ」

「いいでしょう」

兄さまの許可が出て私はかごから降ろしてもらった。本当はかごに乗ったまま国境を越えたほうが早いし安全なんだろう。でも、かご越しではなくお父様を見たかった。クライドに降ろしてもらって前を見ると、お父様はまだ椅子に座っていた。

まったく。お父様はいつもそうだ。そうして私が動くのをじっと待っている。本当はどうしたらいいかわからなくて、心の中では困っているのに。

私はすたすたと歩き始めた。

お父様。

「リア！」

アリスターの声に私ははっとして足を止めた。

アリスター。バートたち。私は振り向こうとした。

「リア」

今度はお父様だ。私は立ち止まって、どちらにも動けなくなった。

どうする、私。

「馬鹿だな、リア、迷わせたかったんじゃない。ほら、これ」

アリスターが走って側に来ていた。しゃがみこんで私の目を見ると、私の手を握って何かを持たせた。

「ふえ……」

「好きだっただろ。もう吹くなって言ううるさい王子もいないし、持って行けよ」

「あい」

私はそれをラグ竜のポシェットにしまった。

「会いに行くから」

「あい」

「元気でな」

「あい！　ありしゅたも」

「俺たちも会いに行く」

「ばーと。みりゅ。きゃろ。くらいど」

いつの間にかみんなが側に来ていた。

「見送ってやるから、行ってこい」

「あい！　いってきましゅ」

みんなの笑顔に見送られて今度こそ私はお父様の方を向いた。すたすたと進みだす。

「あーあ、結局よちよちしたままだったな」

私はもう一度立ち止まると、振り向かずに言った。

「よちよちてにゃい！」

「あ、ああ、すたすた。ちゃんとすたすたしてるよ」

それでいい。

キーンと、見えない結界が体に響いても私はすたすたと歩き続けた。そして止まった。

「おとうしゃま」

手を伸ばす。一瞬動かないかと思ったお父様は、さっと立ち上がって私を抱き上げた。

「リア！　おかえり」

「あい。ただいま」

お父様の匂いがする。

「さて、帰るぞ」

「え」

お父様はそのまま踵を返すと、すたすたと歩き始めた。早く持って帰らないとなくなってしまうとでもいうように。

周りの皆は呆気に取られている。護衛隊もとっさには動けずにいた。

「え、え、みんにゃに、あいしゃつ」

さすがの私も大慌てだ。

「必要ない。すぐに帰る」

「おとうしゃま」

「なんだ」

お父様はやっと立ち止まった。

「りあ、いにゃくなりゃにゃい」

「いなくなったではないか。父様を置いて」

お父様は子どものようにすねた声でそう言った。

「もう、いにゃくなりゃにゃい」

「本当か」

自分で決められるのなら、もう絶対にいなくなったりしない。

「あい」

「リア！」

お父様はやっと私をひしと抱きしめた。

「お父様、さすがに私もあきれました」

「ルーク、だが」

「だがではありません。リアを助けてくれた人たちです。ちゃんとお礼を言ってから、帰りましょう」

「仕方ない」

何が仕方ないのか。皆のあきれた視線の中、お父様はまたすたすたと国境近くまで戻ってくると、呆気に取られているバートやアリスターをじっと見つめた。

「すげえ、オールバンスが三人揃うと壮観だなあ」

ミルののんびりした声がする。私は思わずおかしくて笑ってしまった。それで場が和やかになった。

「ハンターたちよ、わが娘を助けてくれて、感謝する。王都を訪ねてくるがよい。オールバンスはいつでもそなたらを歓迎する」

お父様はそれだけ言うと、返事も聞かずにみんなに背を向けた。

「これが、四侯」

キャロだろうか、あきれたような、感心したような声がする。

「いえ、むしろオールバンスと。あえて言うなら、ディーン殿だからと言うべきでしょうね」

護衛隊の誰かがそう小さい声でつぶやいたのを私は聞き逃さなかった。

わがままだけれど、これがお父様。私は深く安心して、父さまの胸に頭を預けた。長かった旅がこれで終わりだ。そのままポシェットをごそごそして笛を取り出した。

「なんだそれは」

「ふえ。たのちい」

「楽しいのか。ならいい」

私はアリスターにもらった草笛を吹いた。

「プー」

「キーエ」

「プー、プー」

「キーエ、キーエ」

近くから、そして遠ざかっていく方から、ラグ竜が応えて鳴く。

「プー」

「キーエ」

つらかったけれど。

「プー、プー」

「キーエ、キーエ」

楽しかったね。

「プー」

「キーエ」

あきらめなければ。

「プー、プー」

「キーエ、キーエ」

きっとまた会えるから。

「さあ、帰ろうか」

「あい！」

今は、お家へ帰ろう。

◆

「リア、ほら、あーん」

「あ、あーん」

「お父様、リアにそのひと匙は多すぎます。リアの小さい口に合わせて少しだけすくうんですよ」

「そ、そうか」

お父様はつぶしたお芋をぎこちなくすくい直した。そのすきに兄さまが私にひと匙お芋を食べさせる。それを追いかけてお父様が私に食べさせようとするが、もう限界だ。

「ほら、リア、今度こそ」

「もう、おいも、いりゃない」

「なんということだ」

子どもに食べさせられなかったくらいでそこまで嘆くだろうか。再会して最初の夜からこんな調子のお父様である。

初日に町を出るのに時間がかかったせいか、その日は国境近くの町の旅館に泊まることになり、そこでの夕食の一コマがこれだ。

お父様はやはり勝手に王都を飛び出してきたらしくて、護衛隊をつけるので手一杯で、途中の宿の手配などはちゃんとしていなかったらしい。

「ご領主だけでなく、四侯までお泊まりですか！」

とひっくり返りそうな宿の主人ではあったが、そこはやはり領都と王都の途中にある宿屋である。すぐに人数分の部屋を用意してくれた。しかし、食事を部屋に持っていくのは大変ということで、貸しきりの宿屋の食堂で、皆でご飯を食べているのだ。それはそれでとても楽しい。

「ルーク、私は明日にはリアと離れて先に王都に戻らねばならないのだぞ。ここは父様に譲ってくれてもいいのではないか」

「私だって王都に戻ったら、週末以外は寮にいなければならないのです。お父様はいつでもリアと一緒にご飯を食べられるではないですか」

「しかし、わざわざ辺境まで来たのに」

「本当ですよ。また護衛隊の方々に迷惑をかけたのでしょう」

兄さまはあきれたようにそう言うと護衛隊の方を見た。そんなにお父様はあちこち行っているのか。

私が護衛隊の方を見ると、慣れているのか、苦笑している者が大半だったが、私の視線を感じると笑みを引っ込めて緊張した様子になるのがちょっと気になる。なぜだろう。ただのかわいい幼児なのに。

私はデザートに果物をもらってようやっと食事を終えた。お芋を食べられなくても、デザートは入るのである。

しかし、ドリーがいてくれたらいいなと思うようになるとは思わなかった。きっと、「リア様はお一人でできます」と言ってくれただろうに。

「それにしても、三人揃うと壮観ですなあ」

感に堪えないという様子なのは、タッカー伯だ。実はこの人はずっと領都でも一緒にいてくれたのだが、他の人に紛れて存在感が薄かったのだ。なんと、この地域を治める領主だという。といってもそれがどれだけ偉いのかはちょっとわからない。

お父様と兄さまが並んで座り、私はお父様のちょっと固い膝に乗せられている。壮観だと言われても、よくわからない。確かに兄さまとお父様はよく似ているとは思うけれども、私はどうなのだろうか。

「よく似ているということもですが、その四侯の色が三人揃うということが珍しいのですよ。まして四侯が王都から出ることなどほとんどありませんからな」

周りを見ると、宿の主人など私たちに手を合わせているし、給仕をしていたお姉さんたちも、お父様やギルを憧れの目で見ているではないか。兄さまは素敵ではあるけれどもお姉さんたちにとっては対象外のようでちょっと安心した。

「ここらはもうすぐそこが辺境ですからな。結界の端にあって、辺境がどのように大変かをよく知っているのですよ。結界を支えている四侯となれば、それは憧れもするし感謝もするでしょうよ」

タッカー伯は一人頷いている。そういえば、辺境では夜にゆっくり外で食事をするなどということはなく、夕方には急いで皆家に帰っていた。まして、この宿のように女の人が夜に外で働くなどありえなかった。

「うぇしゅたー、よる、こども、おにゃのひと、しょとに、でにゃい」

「何かの事情で働かなければならない女の人もいますからな。夜にかかるまで働けるということは、ありがたいことなんですぞ、リア殿」

「あい」

私はタッカー伯に素直に頷いた。

「さあ、リア、今日は父様と一緒に休もうな」

「あい」

「もちろん私もですよ」

「あい」

どうやら、一緒の部屋で寝るようだ。私たちが部屋に引っ込もうとすると、護衛隊の人たちも席を立った。

「そなたらはまだ酒でも飲んでいるがいい」

お父様は振り向きもせずにそう言ったが、

「いいえ、護衛中ですので」

どうやら代表の人がそう言って断っている。お父様が背を向けているので、抱かれている私はかえって護衛隊の人をはっきりと見ることができた。その誠実そうで、頑固そうな人は私と目が合うとほんの少し申し訳なさそうに顔をゆがめた。

そしてためらいながら口を開いた。

「あの、お嬢様に、リーリア様に謝罪を」

「必要ない」

護衛隊の人の言葉をお父様はあっさりと切り捨てた。謝罪をと言ったが、この人たちを私は知らない。何のことか。

「しかし、あの時の私の失策で、リーリア様は辺境で半年暮らすことになってしまいました」

私は目を見開いた。あの時、お父様と離された時の護衛隊の人だ。お父様に竜をぶつけて、竜から落としていた。思わず私はつぶやいた。

「おとうしゃま、りゅうから、おとちた」

「覚えておいでか！　なんということだ」

謝罪をと言いながら、私がどうということではなく、自分の気持ちの行き所を探していただけなのだろう。私が覚えていたことで、激しい衝撃を受けていた。

「グレイセス」

お父様は、振り返りもせず静かにその人の名を呼んだ。

「お前はもう一度あの状況に陥ったとして、あの時と違う判断をするか」

「……いいえ、何度あの状況になったとしても、同じ判断をすると思います」

「それならば、それを貫くがよい。自分の気持ちを晴らすだけの謝罪に何の意味がある」

グレイセスと呼ばれた人はうつむいた。

今ならわかる。あの時、ラグ竜は既に私のことを仲間と認め、守らなければならない存在として見てくれていた。だからこそ後ろから追いかけてきて、先行する仲間のラグ竜を抑え込んだお父様と護衛隊を敵とみなし、私を守るためにスピードを上げた。

それを見越して行動することなど、誰にもできなかったはずだ。

そうするしかなかったと思っても、おそらくお父様の嘆きは心に響いたのだろう。そして今日の団欒を見て、自分が失わせたものの大きさを知り、罪悪感に耐えられなくなった。

この人が私たちのラグ竜を止めていてくれたら、ハンナは死ななかったかもしれない。私だってすぐお父様のもとに戻れていたかもしれない。

だけど間違えてはいけない。

この人のせいでさらわれたのではないのだ。

「ぐれいしぇしゅ」

そう呼んだ私にお父様はピクリとし、グレイセスがはっと顔を上げた。

「ちかたにゃかった」

それだけのことだ。

「おとうしゃま、たいしぇちゅ。りあ、ちってる」

私はグレイセスに頷いた。お父様は目立たないようにため息をつくと、振り向いて私を降ろした。

その私の前にグレイセスは膝をついた。後ろで護衛隊の人たちがやはり皆膝をついている。

グレイセスはそっと私の手を取ると、額に押し当てた。なんだか恥ずかしいのだが。

「リーリア様、これからはリーリア様もお守りいたします」

「あい。おねがいちましゅ」

思わずよきにはからえと言ってしまうところだったが、ちゃんと応えられたと思う。

「もういいだろう。いつまで手を握っている」

お父様が後ろから私をさっと抱き上げた。そのまま振り返りもせずに階段を上がっていく。兄さまも後に続いた。

「小さくても四侯、さすがです」

「辺境で生き延びたのは偶然ではない、と、シーベルでもそう思わせる、堂々たる幼児っぷりであったよ。何よりあの愛らしさよ」

「違いありません」

仕方なかった、と。自らがさらわれ、辺境で暮らさざるを得なかったことを、それだけで済ませる器の大きさ。オールバンスはどこまで自分を惹きつけるのか。

グレイセスがそう思ったことを、二階の私たちは知らなかったが、知っていたとしても、知らなかったことにしていただろうと思う。

だって面倒くさいんだもの。

「宿の家族部屋というものを用意してもらったのだ」

部屋に入ったお父様は得意そうだ。

「それにしても狭いが。まあ、宿とはどこもこんなものだった」

そう言って満足そうに頷いた。その部屋はダブルのベッドが二つと、おそらくベッドにもなるソファが一つ、そしてその手前には小さなテーブルと椅子が用意されていた。

「では手前のベッドで私とリアが休みましょう」

「何を言う。リアは私と休むのだ」

「お父様はリアと休んだことなどないでしょう。私は既に二日もリアと一緒で、慣れていますから」

「二日も一緒なら、父様に譲ってくれてもいいはずだ」

相変わらず不毛な争いをしている。それならば、少し狭いけれど、

「みんな、いっしょに、ねりゅ」

でいいのではないか。

「まあ、それでもよい」

「いいんですか、お父様」

兄さまがあきれている。

「なに、みんなで床に寝転がっていたこともあるだろう」

「そうでした」

その頃にはハンナがいて、セバスがいた。誰も何も言わなかったが、三人ともそれを思い出していたのに違いない。

寝る準備をして、みんなでベッドに転がって。そうやって並んでいると、それが当たり前のようで、話すことなど何もないのだった。

「そういえば、これだけは先に話しておきたいのです」

「なんだ、ルーク」

私を挟んで兄さまとお父様が話している。私は眠い。

「リアが結界を張れるようになりました」

「結界」

お父様が上を向いたまま兄さまの言葉を繰り返した。

突然そう言われても、とっさにそれが何かだとわかるわけもない。お父様の頭が高速で動いているのを感じた。

「結界とは、結界箱のあれか」

「あれです」

「魔石なしにか」

「なしにです」

「ふむ」

お父様は真ん中にいる私の方にくるりと寝返りを打った。

「リア、見てみたい」

「ええ……」

理解が早いのは素晴らしいと思う。

しかし、なぜそうなったとか、どのような状況でできるようになったかを聞くでもなく、すぐ見てみたいとはどういうことか。お父様らしいとしか言いようがない。

でも、夜遅いし、面倒くさい。そんなきらきらした目で見られてもね。

「にーに、できりゅ。にーに、やって」

兄さまだってできたではないか。

こうなったら、兄さまに丸投げだ。

「なんだ、ルークもできるのか？」

「ええ、リアにやって見せてもらって、できるようになりました」

「それなら」

お父様は勢いよく起き上がった。

「私にもできるはずだな」

こうなると思ったんだ。私は虚ろな目で天井を見た。

「リア、私も一度しかやっていないので自信がないのですよ」

「ええ……」

兄さまにそう言われては仕方ない。半分寝かかっていた私は仕方なく起きた。目をくしくしとこする。

「ではリアは私が抱っこするから」

「抱っこしたら結界が作れません」

「そうか、仕方がない」

別に抱っこされていても結界は作れるけれども。

「ちいしゃいけっかい、しゅる」

私はそう宣言すると、お父様にもわかるようにゆっくりと魔力を変質させ、三人が入るくらいの小さい結界を作った。

「なるほど、これは結界箱の結界と同じだな」

お父様は兄さまがそうしたように結界から手を出したり入れたりしてみた後、口の端をわずかに上げてそう分析した。そして自分の魔力を操り始めた。兄さまはあっという間だったが、お父様はあと少しというところで首を傾げている。

「にーに、しゅぐできた」

思わず言ってしまった私は反省するべきだ。

「ではルーク、やって見せるがいい」

目を細くしてそう言ったお父様をちょっとかわいいと思ってしまった。

「ではリア、結界を解いて」

「あい」

私は一旦結界を解いた。つい二日前に結界を展開して大騒ぎになりそうになったばかりだから、気を付けないと。そういえば、キングダムの中で結界を張っても、あまり響かないような気がする。結界の中の結界だから効果が薄いのだろうか。

「では行きます」

兄さまはすっと結界を作ってしまった。天才か。

「なるほど。ルークの結界の方がなじみ深い。最新式の結界箱を参考にしているからか。それなら私にも覚えがある」

私はちょっとむっとした。確かにアリスターの結界箱は古かった。こうやって兄さまの結界を見ていると、作り方は私の真似をしていても、魔力の質が洗練されたものであることがわかる。私はちょっと手を伸ばして兄さまの結界から手を出し入れしてみた。わずかの違いだ。例えるなら、お茶に雑味が混じっているか、いないか。

「しょれなら、まりょく、こう」

雑味を取ってすっきりさせていく。

兄さまにできることは、私にだってできるはずだ。

「こうか」

「こう」

お父様と声が揃った。

「「「あ」」」

キーンと。

高く響くような結界の気配が、静かな水の上に水滴が落ちたように一瞬で広がった。

うっかり三人で結界を合わせてしまったのだ。ただし、それはウェスターでの結界と違って、ほんの少し水面が揺れたようなかすかなものだった。

「魔力を！」

「ああ」

「あい」

兄さまの声でハッとした私たちは一斉に結界を張るのを止めた。

「リア、結界がどこまで広がったかわかりますか」

「わかりゅ。ちーべりゅまで」

薄く広がった結界はおそらく国境を越えてシーベルまで届いたような気がする。

「人の作った結界も共鳴するのか」

お父様が一番呆然としている。無理もない。

そもそも人が結界を作れることが一つ目。

その結界が結界箱の魔石と同じように共鳴し広がるということが二つ目。

私たちは二回目だから慣れているけれど、お父様にはなかなか受け入れにくいに違いない。

兄さまは少しだけ何かを考えているような顔をしたが、結局口に出したのはこれだった。

「結果的にはよいことでした。少なくとも、シーベルにおいては、同じことが二回起こったのだから、二回目にいなかった私たちに疑いがかかることはなくなったということです」

「にいしゃま、かちこい」

私が手を叩くと兄さまは照れたように微笑んだ。

「ルーク、リア、二回目ということは、すでに一度やらかしているということだな」

しまった。お父様にばれた。

私たちはちょっとだけ目をそらした。

「先に言っておいてくれ。まったく」

お父様は私を持ち上げると、膝に乗せてぎゅっと抱きしめた。

「ごめなしゃい」

「ごめんなさい」

二人でごめんなさいをする。父さまは大きなため息をついた。

「まあいい。なかったことにしよう」

「そうですね」

「あい」

私たちはなんとなく気が抜けてまたベッドに寝転がった。

「まあ、不思議でもないと言えないこともない」

お父様がわかりにくいことを言った。

「どういうことですか」

兄さま、よい質問です。

「魔道具職人は、魔力を伝える石板を変質させるのが仕事だ。結界箱を作れる職人はごくわずかだが、奴らはつまり、結界に変質する魔力を持っているということになる。もっとも」

お父様は私たちの方を向いてにやりとした。

「キングダムの結界内で結界を張ろうと思うわけがない。魔力の高いリアがウェスターに出て、必要に迫られて初めてできたことというわけだな」

きっかけは面白かっただけのことで、必要に迫られたわけではなかったとは言えない雰囲気なのだった。まあ、これからは結界を張る機会があっては困るというものだ。

「早く王都の屋敷に戻ってこい」

「あい」

王都のお屋敷で、今度こそのんびり幼児ライフを楽しむのだ。

もっとも次の日に、いろいろ察したギルやジュードにしこたま怒られたのだった。


そしてお父様は、護衛隊に囲まれて泣く泣く戻っていった。

結界に魔力を注ぐのは五日に一度、伸ばしても一〇日以内には王都に戻らねばならないのだという。

王都で待っていれば必ず会えるのに、たった一日のために頑張ってここまで来てくれたのだ。

ぎゅっと抱きしめていた私を兄さまにしぶしぶ渡すと、今度は兄さまごと私を抱きしめた。

「あんまり急ぐとリアが疲れるかもしれないから、早くとは言いにくいが、それでも早めに戻ってきておくれ」

「わかりましたよ」

「あい!」

兄さまは苦笑しながら、そして私は元気にお父様に返事をした。

「ギル」

「わかってますよ」

「ジュード」

「そのくらいにいたしましょう」

お父様はついに執事に怒られて、それでもラグ竜に乗ってさっそうと帰っていった。かっこいい。なにより竜に乗れたら移動はきっと早いだろう。

「りあ、りゅうのりたい」

「キーエ」

「私は一一歳からでしたよ」

竜はいいよと言ってくれたが、兄さまにやんわりと断られた。まあ、そもそも竜にまたがるほどの足の長さはないのだった。残念。

お父様は四日で王都まで駆け抜けるが、私たちは二週間ほどかけて帰る。

国境沿いのタッカー伯の領地を見ながらのんびりと旅をする。虚族を心配することはないから、早目に宿に着かねばならないということもないし、逆に朝早くから動かなければいけないということもない。

そして、夜に宿に入っているからといって、その後出かけてはいけないということもない。

辺境ではトレントフォースでさえ結界の中に町が入っていても、結界の端は揺らぐことがあるので過信はできないということが徹底されていた。

つまり、夜出歩くのはハンターと夜のお仕事の人くらいなものだ。

だから、夕食後こうねだったからといって、叱られるいわれはない。四、五日くらいおとなしくしていたのだから、そろそろいいだろう。

「りあ、おしょとみたい」

「幼児は夜お外に出てはいけません」

「まち、みたい」

「だめです」

兄さまは案外甘やかしてくれない。

「いいだろう。俺が連れてってやる」

「ギル！」

兄さまが強く抗議した。

「ハンターと一緒に狩りに出てたんだろ。リアは。ウェスターとの夜の違いが見たいんだよな？」

「あい」

ギルが私の本当にしたいことをわかってくれた。

「どうせリアは屋台のおいしい食べ物が気になっているだけに決まっています。ジュードに言って一通り買ってきてもらいますから。ね？」

兄さまの私の評価がひどい。そんな、食べ物のことしか考えていないような言い方は心外である。

ほんのちょっと心が動いたことは認めるが。

「にゃい」

そんな兄さまに私はプイっと横を向いた。兄さまは愕然とすると、ギルとジュードとタッカー伯まで交えて相談の上、やっと夜に外に出る許可を出してくれたのだった。

条件はこれだ。

「絶対に抱っこされたままでいること、一通り町を見たらすぐに戻ること、買い食いはしませんからね」

「ええ？　しょんな」

ショックを受けた私の前にギルがしゃがみこみ、肩をぽんぽんと叩きながら兄さまに聞こえないように小さな声でささやいた。

「ほんとは、ルークだってまだ、夜に外に出ていい年じゃないんだぞ。四侯のちび二人を外に連れ出すタッカー伯の苦労をわかってやれ。屋台の物はなんとかジュードに頼んで買ってきてやるから」

「あい」

ギルに正直に言われると、ちびという言葉だって気にならない。

そうだ、兄さまだって本当は自分が甘えたいくらいで、それが私のために二人分の苦労をしょい込んでいるのだ。そんな苦労をしてまで外に連れ出してくれるのだから、私のやるべきことは一つ。

「りあ、いっぱいたのちい、しゅる」

つまり、全力で楽しむしかない。

「リアらしいよな。それでいい」

ギルはアリスターに似た顔をクシャリと崩すと、立ち上がった。

今晩が楽しみだ。

夕食を早めに食べ終わると、いつものきれいなピンク色のポンチョの上から、さらに目立たない色の上着を羽織らされた。フードをかぶると前がよく見えないので、やっぱり暗い色の帽子をかぶせてもらう。夜だから、目の色はそれほど目立たないはずだ。兄さまも帽子を深くかぶる。ギルはそのまだ。

「ぎるは？」

「俺は目立たないからこれで大丈夫。四侯で最も地味な外見がこういう時には役に立つんだよな」

夏空のような明るい青色の瞳が目立たないとは思わないが、誰が目立つかと考えたらあの黄色い目の王子を思い出し、嫌な気持ちになったので頭から追い出した。

「さ、行きますかな」

タッカー伯に先導され、宿を出てすぐのところは、もう夜だというのにたくさんの人であふれていた。

そもそも食堂が営業しており、あちこちでいい匂いがしている。もっと気軽に食べたり持ち帰ったりできるように、大通りの両側には屋台も並んでいる。私はふんふんと鼻を動かした。

「おしゃかなはすこち、おにくたくしゃん」

「なぜわかる」

ギルのつぶやきは聞かなかったことにした。わかって当たり前ではないか。

「内陸ですからなあ。リア殿は海沿いを戻ってきたのですかな」

「あい。おしゃかな、かい、おいちかった」

「貝も食べたのですか。うらやましい」

タッカー伯は驚いたようだ。

「ここらには干した貝しか入って来ませんからねえ。リア殿はよい経験をされましたな」

「あい！」

結局、兄さまが苦心して目立たないようにしても、

「ご領主だ」

「ご領主さま！」

と、案内してくれているタッカー伯にあちこちから声がかかるので、私たちはとても目立っていた。

そして町の人には四侯の一族だということはとっくにばれていたと思うが、そっとしておいてくれた。

食べ物の屋台があるためか、トレントフォースでは絶対に夜見られなかった子どもや女性もいる。

ゆっくり町の様子を眺めながら歩いているとそのうち、小さい花束やお菓子を売る屋台が見えてきた。

「おはな！　おやちゅ！」

「おっといけません。端の方に来すぎてしまいましたな。戻りましょうか」

確かにお花屋さんの向こうはほの暗く、行き来しているのは男性ばかりで見るものもない。

その時、ふと目に入った人に、かすかに頭の片隅で何かが引っかかった。

「けありー？」

思わず上げた声に、その人は驚いたように振り返り、私に目を留めるとまさかという顔をした。

「けありーのひと！」

「リア？　何のことです？」

兄さまが聞き返したので、私は行儀が悪いけれどその人を指さした。

「あのひと。ちってる」

しかしその人は慌てて角を曲がっていなくなった。

別に悪いことをした人ではない。

前に海でケアリーのハンターを助けた時、その父親の側で働いていた人というだけのことだ。

だが、こんな離れたところで見かけたら思わず声をかけてしまっても仕方ないだろう。

「リア？　ケアリーは戻りのコースにはなかったはずですが」

「うみのまち。けありーのちょうちょうといっしょ」

兄さまは私から目を離すと、タッカー伯の方を見た。タッカー伯は頷いた。

「ルーク殿、そろそろ宿に戻りましょう」

「あれ、おやちゅ、ほちい」

もう戻ってしまうなら、戻る前にあの屋台のおやつだけはなんとか確保しなくては。

「さっき供の者に買ってくるように言っておきましたから、もう帰りましょうな」

「あい」

そうして私はタッカー伯にうまくなだめられて宿に戻ることになった。

宿に戻ると、買って来たばかりの屋台のお菓子を開けてもらった。

紙に包まれた白いお団子のような物をお皿に載せると、用意してくれた人がフォークでそれを半分に割ってくれた。

「わあ」

割ったところからは黒蜜がとろりと流れ出た。

「小麦を練った物に黒砂糖とナッツを挟んで蒸しただけの物ですが、おいしいですぞ」

町に出てお腹が空いていたので、一つまるまる食べることができた。素朴なナッツの触感と黒蜜がもちもちとした生地に絡んでとてもおいしかった。

兄さまとギルは微妙な顔で、二人で一つを分け合って食べていた。

「甘いですね」

「甘いな」

どうやら甘い物は好きではないらしい。そういう人もいる。今度からいらないならぜひ私に分けてほしい。

「さっきの件ですが」

「あい」

しかし、なぜケアリー関係者に知っている人がいるのかという話をするのはとても大変だったし、根掘り葉掘り聞かれたうえ、なぜそんな無茶をしたのかと怒られる始末だ。どうしてバートはあらかじめ話してくれていなかったんだろう。

私はふうとため息をついた。途中で襲われて大変だったことは話したが、それで精一杯で、他の町でどうだったかなどはあまり話していないのだ。海の町のハンター喰いの島の件は、バートたちだってあれこれ言われたくないから意図的に話さなかったような気はするが。

「それで結局、見知った顔の人がいたというだけで、なにか問題があるわけではないのですね」

「あい」

問題があると言ったつもりは一つもないのだが。幼児のかわいい独り言だっただけだ。

「ケアリーは魔石の集積地として、主に西隣のブラックリーの領地で活動しているはずだから、珍しいと言えば珍しい。しかし、商売であれば、こちらに来ることもあるだろう。特に問題はないと思いますな」

タッカー伯はそう結論づけた。ほっとした顔の兄さまと共に、その日はすぐに休むことになった。屋台のおやつはおいしかったなあと思いながら。


次の日は広い草原の移動だった。この草原を抜けたら、次の日にはローグ伯の領地に入るのだという。そこからゆっくり五日くらいかけて王都に帰るのだ。

「キーエ」

「キーエ」

もう冬の気配の濃い草原をゆっくりと、でも軽快に駆け抜けていると、珍しくラグ竜が声をかけあっている。

「どうちたの」

「キーエ」

その声にはなんとなく不安がこもっていた。

なにかがおかしいの。離れては駄目よとラグ竜が言っている気がする。かごに乗っているだけだし、離れたりはしないから大丈夫なのだが。

「ふむ、竜が不安定だな」

ラグ竜を見ながらタッカー伯がつぶやいたのは休憩のために止まった時だ。周りには町や人家の影もなく、街道沿いには緩やかな起伏のある土地に草丈の高い草原が果てしなく広がっている。

「このあたりは野生の竜がたくさんいますから。それに惹かれて騒いでいるんじゃないですか」

お付きの人が遠くを見ながらそう言った。

私は背伸びをしてお付きの人が見たほうを見てみた。

草しか見えない。

「背伸びしても無駄だろ。しかもできてないし」

「できてましゅ」

そうはいってもギルが抱き上げて、遠くを見せてくれた。

「りゅうだ……」

ラグ竜はいつも当たり前に側にいる存在だが、柵のない所で自由に草を食んでいるのは初めて見た。

「走ってる時から見えてたんだが、小規模な群れであちこちにいるぞ。ほら、あっちにも」

「わあ」

ギルが別の方向を向くと、そっちにもラグ竜がいる。さらにギルは別の方に向いた。

「こっちにも、え？」

「わあ、え？」

こっちの竜はずいぶん数が多い。やはり野生となると大きな群れを形成するのだろうか。

「なんだこの数は。何百頭いるんだ」

供の人の驚きから見て、通常の状態ではないようだ。しかものんびり草を食べているのではない。何かを囲うように落ち着かずぐるぐると動いている。

と思っていたら、群れの一角が崩れた。

「あっ、人が出てきたぞ！」

五人ほどの男がラグ竜に乗って、群れから飛び出してきた。そのままラグ竜の群れが男たちを追う。

「なんだ！　おとなしいラグ竜が人を追うなんて！　あいつら何をしたんだ？」

タッカー伯の部下の一人が叫び、私たちが呆気に取られてその様子を見ていると、男たちは私たちに気がついた途端、こちらに進路を向けた。

「気が狂ったのか！　まずい！　巻き込まれるぞ！」

タッカー伯についてきた人たちは優秀だった。

「ご当主と客人は竜車へ！　ラグ竜でそれを囲め！」

その声に私たちについてきた護衛が素早く私たちを竜車に詰め込み、落ち着かない竜にまたがると竜車の周りを囲んだ。

「残りは俺に続け！　あの男たちの進路を変えさせる！」

供の人たちは一〇人以上いる。タッカー伯のもとに一人だけ残して、全員が竜にひらりと飛び乗ると、男たちの方に向かった。

「大丈夫だ。タッカー領は草原の国。私の部下たちもラグ竜の扱いにかけては誰にも引けを取りはしませんよ」

竜車の中で私を膝に乗せて守るように抱きしめる兄さま、その兄さまの肩に、やはり守るように腕を回しているギルを包み込むようにタッカー伯の声が響く。

外が見えない私たちのために、護衛が大きな声で状況を報告してくれる。

「こちらの人数の多さに怯んだのか、不審者たちは進路を変えました！　こちらをギリギリ巻き込まずにすみそうですが、まだ竜車にいてください！」

「キーエ！」

「キーエ！」

ラグ竜も叫ぶ。その声で一旦外に飛び出しそうになったギルはぐっとこらえ、また竜車の座席に腰を下ろした。

「そのまま逃がしたほうがラグ竜の暴走に巻き込まれずに済むはずだが」

報告というより護衛のつぶやきが聞こえた後、動きがあったようだ。

「不審者に追いつきました！　どちらも止まりました。　ああ！　まずいぞ」

何がまずいのか。我慢できずにギルが竜車の扉を開けた。

「不審者も護衛もラグ竜の群れに飲み込まれました！」

「キーエ！」

「キーエ！」

状況が急展開すぎて、ついていけない。

「群れが、止まった」

「よし」

タッカー伯が声を出すと、立ち上がった。

「ルーク殿とリア殿はまだ竜車に。ギル殿、出ますぞ」

「はい！」

タッカー伯はギルを連れて竜車の外に出た。私も兄さまも外に出たかったが、自分たちがまだ非力で役に立たないことを知っているので、じっと我慢した。

それでもしばらくすると、外に出てよいと許可が出た。

「キーエ」

ラグ竜が不安そうだ。

「リア殿も状況が知りたいだろう。護衛に抱えてもらって、竜の上から眺めてごらん」

タッカー伯はそう言って竜に乗っている護衛に私を手渡した。

「しゅごい」

真ん中に少し空間が開き、不審者と護衛を中心にまるで同心円を描くかのように、ぐるりと何百頭もの竜が取り囲んでいる。

「ギル様、ルーク様。不審者五人に対してこちらは一〇人以上と戦力差があるため、どうやら事態は落ち着いているようですが、もう少し人手が必要かと。竜たちも落ち着いているようですし、竜車を一台、ゆっくりと現場まで持っていきたいのですが」

護衛の一人が提案した。男たちを取り押さえたとしても、移動させる手段がないということなのだろう。

「キーエ!」

「キーエ!」

こちらの竜が大きな声で鳴いた。誰かこっちに来て、と。そう呼ぶように。

「なんだ!　こちらに竜が向かってくるぞ」

鳴き声に引かれたように何頭かのラグ竜がこちらにゆっくりと走ってくる。

「キーエ」

「キーエ」

こちらの小さい子が、助けてくれるわ。

仲間だもの。

ん?

私?

「キーエ!」

こっちに来いって?

さて、どうしよう。

「にいしゃま」

「どうしました、リア」

「らぐりゅうが、きてって」

「は?」

兄さまも竜に乗って向こうを見ていたが、私の一言に振り向いた。

「キーエ!」

「キーエ!」

小さい子、早く来て!

「はやく、きて、って」

「リア……」

兄さまもギルも何を言っているという顔をしたが、兄さまの竜が兄さまを揺らした。

「うわっ」

「キーエ!」

「お前もですか」

兄さまは乗っているラグ竜に手を添えると、タッカー伯の方を向いた。

「馬鹿げていると思うかもしれませんが、リアは少しばかり感覚が鋭敏です。おそらく、そのおかげで辺境で助かったこともあると思うのです。タッカー伯。この状況でリアと私が群れの中に行くことは可能でしょうか」

「俺も行く」

ギルまでそう言った。

「ふむ」

タッカー伯の竜の上から、状況を見ている。

「これだけ落ち着いているラグ竜なら大丈夫だと思うが。さっきが異常だったのだ」

そしてそう判断した。

「護衛としては本当は行かせるべきではないでしょうが、それならば持っていくはずだった竜車にリア様を乗せていきましょうか」

「いや、リアはかごに乗せたほうがいざという時逃げやすいと思うぜ」

ギルの一言で、いつもの行軍のように私はかごに乗せられて竜の群れの方に行くことになった。

いくらラグ竜がおとなしい生き物でも、普段楽しく一緒に過ごしているとしても、さっきの暴走を見た後では、少し怖い気持ちがしたのは仕方のないことだろう。

「キーエ」

「りゅう」

だいじょうぶよ。

なぜ竜の思っていることがなんとなくでも伝わるのかはずっと不思議だったけれど、それが今必要であるのならば私は行かなければいけない。

まるで海が割れるようにラグ竜の群れが割れていく。

たどりついた先には、五人の男が地面に押さえ込まれ、その周りを残りのタッカー伯の部下たちが囲んでいた。

男たちを取り囲んで竜のスピードを落としたところで、群れに囲まれてしまい、止まらざるを得なくなった。そののち人数の差で圧倒したらしい。

「竜車を持ってきてくれて助かりました。捕まえたはいいがこれからどうしようかと思っていたところで」

部下の一人がほっとしたように竜車を見た。

「なあ、あんたら。俺たちただ草原を走ってたら、ラグ竜の群れに巻き込まれただけなんだ。なんでこんなことするんだよ！」

情けなさそうに話すのは押さえられていた男だ。確かに何をしたと言われると何もしていないかもしれない。私はわざわざラグ竜に連れてこられたのも忘れてうっかり同情しそうになった。

「黙れ！　ただ走っているだけなら俺たちだって何もしなかった。お前ら、俺たちを巻き込もうとしたことを都合よく忘れるな！」

そういえばそうだった。

「だってなあ、あんなに大量のラグ竜に囲まれて見ろよ。怖くて人のいるところへ助けを求めるだろ。なあ」

「ならなんで俺らがそっちに向かったら逃げたんだ」

「そ、それは」

はい、ギルティ。わざと私たちを巻き込み、その隙に自分たちだけ逃げようとしたに違いない。

それにしても、タッカー伯の部下の有能なことよ。私は感心して彼らを眺めた。

「ご当主様、こいつらどうしますか」

「ふむ。竜車を使うのももったいない。後ろ手に縛って、自分たちの竜に乗せて次の町までついてこさせればよかろう」

竜は飼い主より群れに忠実である。私たち一行のラグ竜に自然に付いてくるだろうということであった。

しかし、そう簡単にはいかなかった。

「キーエ！」

「キーエ！」

群れのラグ竜が邪魔をする。いつの間にか私たちも完全にラグ竜の群れの真ん中に囲まれ、出口などない。強行突破するわけにもいかず、私たちは困り果てた。仕方ない。ここに連れて来たラグ竜に聞いてみるしかない。

「どうちたの」

私はラグ竜に声をかけた。

「キーエ」

「キーエ」

私たちの卵が。

「たまご？」

少しくすんだ白っぽい丸い物のイメージが伝わってきた。

そう。卵が。

小さい子が、とられたの。

「たまご、どろぼう？」

「キーエ！」

その通りだとラグ竜たちが鳴いた。

「ふうむ」

タッカー伯が困ったように顎に手を当てた。どうしたのだろう。

「リア殿、野生のラグ竜は誰の物でもない。ここは私の領地だが、竜の卵を狩ることは罪ではないのだよ」

なんということだ。

「キーエ」

ラグ竜が悲しそうに鳴く。

「そうだぞ！　それに俺たちは卵なんて盗んでない。実際持っていないだろうが」

確かに彼らは自分たちの荷物以外持ってはいない。

「これはなんだ」

「それは……」

しかし、たくさんの荷物が入りそうな、毛布で作られた大きい袋なら持っていた。それに、竜には大きな荷物用のかごがつけてある。

「そのお人が言ったように、卵を狩るのは罪じゃない。それに卵は持ってない。だから無実だ」

しかし、竜の怒りは収まらないようだ。

やがて群れの先頭の方から、少し大きいラグ竜がやってきた。

「キーエ」

どきなさい、と聞こえる。

「これはひどい……」

「リア様には見せるな」

でももう見てしまった。目を隠される前に見たその大きいラグ竜の脇腹には、大きな切り傷が付いていたのだ。

範囲は広いが幸い深くはなさそうだというところまで見て取った。

「しかも怪我をしているのは一頭だけじゃないぞ」

どうやら何頭もいるらしい。

「俺たちじゃない」

「そうか。では腰についていたこの剣を確認させてもらっても大丈夫だな」

「ま、待て」

カシャリと剣の抜かれる音がした。

「うっ、これは」

私の目はまだ隠されている。

「切り付けただけという血の量ではないぞ」

「キーエ」

「キーエ」

群れの仲間が、倒れたの。

群れの仲間が、動かなくなったの。

「らぐりゅう、たおれた、いってりゅ」

私は目元を押さえられたままそう伝えた。

「や、やってねえよ、そんなこと。なあ」

「ああ。し、証拠だってない」

ラグ竜の落ち着かない足音のほか、誰も何も言わず、沈黙が落ちた。

「リア殿、野生のラグ竜の卵を狩るのは罪ではない。しかし、その際に守っている竜を害することは罪なのだよ。大人のラグ竜を傷つけ、万が一にもそれが死んだりしたら、もう卵を産み育てることはないのだからな」

タッカー伯の静かな声が響き、五人の男たちの怯えた気配が伝わってきた。

「キーエ！」

「キーエ！」

卵が。

卵が。

しかし、仲間が倒れたことを伝えたかったのではないらしい。

「キーエ！」

「キーエ！」

見つからないの。

冷えてしまうの。

「たまご、にゃい。ひえてちまう」

私は必死にラグ竜の言いたいことを追おうとした。いつの間にか目隠しの手は外されていた。

「キーエ！」

「キーエ！」

見つけて。小さい仲間。

見つけて。卵を。

私は目を見開いた。

「たまご、みちゅけてって」

そして見た。五人の男たちが動揺して体をピクリとさせるのを。

「たまご、どこかにかくちた」

「な、なんのことだ。それになんだこの気持ち悪い子どもは」

気持ち悪くはない。ラグ竜の言葉がちょっとわかるだけのかわいい幼児だもん。

タッカー伯は私の方にゆっくりと歩いてくると、私と目を合わせた。

「リア殿」

「あい」

「このまま、関わらずに戻るべきなのです。この者たちは打ち捨てて行ってもいい」

「そ、そんな」

話を聞いて声をあげた男は何かの手段で黙らされた。

こんな話を幼児にすべきではないことはタッカー伯もわかっているのだ。そして私の覚悟を試している。

「この者たちに卵の場所を吐かせてもいいが、吐かない場合もある。我らにはラグ竜の言葉はわかりません。当てのない卵探しをするおつもりか」

「キーエ！」

「お前たちは少し黙れ！　このような幼い者に頼って恥ずかしいと思え！」

タッカー伯はラグ竜たちを一喝した。群れに動揺の波が走る。言っていることを理解したわけではなくても、タッカー伯が私を心配していることが伝わったような気がする。

「キーエ……」

卵が、冷えてしまう……。

胸が締め付けられる。兄さまもギルも思わず胸を押さえている。

最初はラグ竜のせいでお父様と合流できなかった。トイレに行かせてくれない時もあった。

でもそれは、ラグ竜が私のことを大切に思ったから。

そして、どうしても私はラグ竜の助けを断れない、いや、断ってはいけない理由がある。

あの時、虚族に襲われた時。助けてくれたのはハンナとラグ竜だったから。

「りあ、いく。たまご、しゃがしゅ」

私はタッカー伯の目を見てきっぱりと言った。

タッカー伯は厳しくしていた顔をへにょりと崩して、ため息をついた。

「そう言うと思っていましたぞ。リア殿もやはりオールバンスですな」

オールバンスの誰を想像していたのか追及するのはやめておこう。

「さて、どうしたものか」

どうやら手伝ってくれそうだ。私はほっとした。とりあえず、卵があった場所に連れて行ってもらって、そこからここまでの道をたどるように探していくしかない。

街道を外れて移動するなら、竜車は置いて行かなければならない。

「にいしゃま」

「リア、どうしましたか」

兄さまが走ってきてくれた。

「りあもいく」

「それは」

兄さまはタッカー伯の方を見た。

卵を探すと決めた私の意見は尊重してくれたが、おそらく私が行くと言ったことは頭に残っていない。幼児が探索に加わる可能性など、頭の隅にもないのだろう。

「りあ、たぶん、わかりゅ」

「卵の場所をですか？」

兄さまはすぐにわかってくれた。ハンター喰いの島の話をしたおかげだ。だいぶ怒られたけれど、話してよかった。

「とおく、わからにゃい。ちかく、わかりゅ」

「近くに行けば、魔力でわかるはずだというのですね。しかし、卵から魔力が出ているかどうかわかりませんしね」

兄さまは迷っているようだ。

私は周りのたくさんのラグ竜を眺めた。私のかごをつけているラグ竜も見た。

兄さまは魔力だけでなく、その魔力から兄さまだという特定もできる。ギルもだ。でもタッカー伯やほかの人は魔力の強さによって区別がつくだけだ。ではラグ竜は？

一定だ。どのラグ竜も同じような魔力量を持っている。辺境の人には、魔力をほとんど持っていない人も多かったが、ラグ竜にはそれもない。

卵の中の竜が少しでも育っていれば、きっとわかる。

「きっと、わかりゅ」

兄さまは私の目を見て、あきらめたように頷いた。

「では行きましょう。一緒の方がきっといいでしょうから」

どうやら兄さまも卵を探しに行こうと思っていたようだ。

「リアにできるのなら、私にもできると思っていましたからね」

そして照れたように笑うのだった。

タッカー伯はギルも兄さまも私も置いて行こうと思っていたようで、ひと悶着あったが、結局は折れる形になった。

「日が暮れてまで幼い者を連れまわすわけにはいかぬ。数時間、それだけだ」

「キーエ！」

「キーエ！」

タッカー伯は私たちにというよりはラグ竜に語り掛け、ラグ竜はわからないながらも返事をしていた。

「よし、まずは最初の場所に行くぞ！」

最初の場所は、大量のラグ竜が踏みつぶした草をたどっていけばわかるという。なるほど。

ラグ竜はほとんどが犯人を囲うように残り、何十頭かが私たちについてきた。

踏みつぶされたところは帯のようになっており、順調にたどることができた。私はかごに乗りながら、足元ではなく周りに神経を集中した。このスピードではかえって魔力を掴むことはできない。

卵を持っていなかったということは、追われるまでに時間があったということだ。だからといってたくさん時間があったとも思えない。

隠すなら木立や窪地、小さい丘などだ。目印のない平原に置くとは思えない。

南側に広がる平原ではなく、北側にある丘。捜すなら北側しかない。

やがて踏みつぶした草の跡は細くなり、ほとんどわからなくなった。やがて先頭の人が竜を止めた。

「なんということだ……」

「リアは見てはいけません！」

私は兄さまの声にちゃんと目をつぶり、両手を目に当てた。

「キーエ……」

「キーエ……」

もう一緒に走れない。

走れないの。

知ってる。知ってるよ。卵を守ろうとして頑張ったんだよね。

「卵はだいぶ残ってるのが救いか」

「キーエ」

「よい。お前たちはそのまま卵を守っておくれ。我らはこれから盗まれた卵を捜しに行く」

「キーエ」

お願いね、と竜が鳴いた。

タッカー伯は、そしてその部下たちは気づいているだろうか。自分たちがいつの間にか、ラグ竜と会話するように話していることを。

「さ、それでは二手に分かれて北側と南側を捜すか」

「にゃい」

私は思わず声を上げた。

「リア殿？」

「たまご、かくしゅじかん、にゃい。そっち」

そして北側を指さした。

「うーむ」

「ご当主、お嬢様の言う通りです。こちら側の方が隠す場所は多い。北側を中心に捜しましょう」

部下の人の一言で、北側を捜すことになった。

私はラグ竜のかごに乗ったまま、目をつぶって魔力に集中する。

小さい気配。これはネズミのようなもの。空を横切る気配。おそらく小鳥。こうして魔力だけに集中すると、案外生物というのは魔力を持っているものだとわかる。

「足跡を見ると、このあたりからラグ竜があちこちから合流してきているのがわかるな」

部下の人のつぶやきが聞こえる。

そして感じる。いくつもの魔力の気配を。私は目を開いた。

木立の向こう。ただの丘にしか見えないが、その中腹に窪地がある。

「しょこだ！」

「リア？」

「にいしゃま！　あのおかの、まんにゃか！」

みんなが何のことだと戸惑う中、兄さまが丘を睨むように目を細めた。

「丘の中腹。目立たないが窪地。そこに何かが……ふっ」

兄さまは集中を切ると、息を思い切り吐き出した。

「そこの丘です！　行ってみてください！」

一行は半信半疑で、それでも急いで丘の中腹を目指す。一人がたたらを踏んで、あっと叫び声を上げた。

「ありました！　竜の卵です！」

「キーエ！」

「キーエ！」

そこにあるの？

卵なの？

「袋に入れるんだ。竜の卵は丈夫だが、慎重に、慎重に」

卵は袋に包まれ、そのままかごに乗せられると、他の卵のもとに無事戻された。

「キーエ！」

「キーエ！」

ありがとう。

ありがとう、小さい子と大きい人たち。

卵を戻すと、ラグ竜の喜びの声と感謝の気持ちに包まれた。

しかし、冬の日が落ちるのは早い。

「思ったより早かったが、それでも時間を取られた。急いで今夜の宿に向かうぞ！」

途中で五人の男を回収し、散っていくラグ竜の群れを眺めながら、ようやっとその日の宿にたどりついたのだった。やれやれ。


次の日の朝のことだ。もうこの日でタッカー伯の領地を抜け、ローグ伯の領地に入る。

「昨日は大騒ぎでしたなあ」

朝食を食べた後、タッカー伯は昨日のことに触れた。

なぜ私が竜の卵を捜せたか。それどころか、兄さまもその場所を明示することができた。慌ただしい中、昨日は誰もそれを指摘する者はいなかったが、気にはなっているだろう。

私も兄さまも、それを聞かれるのは覚悟していた。

しかし、タッカー伯はそのことについては何も言わなかった。

「竜の卵がなぜ狩られるか。ギル殿はご存知ですな」

「はい。学院の上の学年で習うことですから」

ギルは卵を狩ることが罪でないことも知っていたという。私は尊敬の目で見てしまった。

「ではルーク殿とリア殿のために説明いたしますぞ」

タッカー伯はまるで授業をするようにコホンと咳ばらいをし、私たちはきちんと座り直した。

「ラグ竜は基本的には草原で群れで暮らしており、必要な分だけ、人がラグ竜を借りているという形で共存しています。人に飼われたラグ竜は食事に困ることはなく、繁殖にも危険はありません。ところが、人のもとで何代も飼われたラグ竜は、次第に小型化していくのですよ」

私は不思議に思った。安全で、食事に困らないのならむしろ大型になっていくのではないか。

「そのため、時折野生のラグ竜と飼っているラグ竜の入れ替えをするのですが、やはり赤子のうちから育てたほうが人に慣れたラグ竜になります。また、移動するラグ竜はどの領地の物とも言いがたい。ですから、野生のラグ竜の卵を狩るのは認められているのですな」

割と大雑把な仕組みだった。

「しかし、卵を故意に壊したり、ラグ竜を傷つけたりするのは罪になります。昨日の卵のハンターたちは慣れていなかったようで、ラグ竜を怒らせてしまい、昨日のような騒ぎになったわけです」

タッカー伯はしょうがないというように両手を広げて見せた。

「本来、卵を温めているところに何日も張りつき、温めているラグ竜が交代したすきをついて卵をこっそり取ってくるのですが、どうやら買い取りの業者が期日を切ったらしく、焦って事に及んだと、そういう理由のようですぞ。早く手に入れたとてラグ竜の卵が早くかえるわけではないのに」

広げた腕を組むと、タッカー伯は私を見た。

「依頼主は、ケアリーの業者でした」

私は思わず目を見開いた。

「そうです。おとといの夜、リア殿の見た男だと思われます」

私と兄さまは目を見合わせた。ケアリーの人を見たというのは、間違いではなかったのだ。

「しかし、卵のハンターを急がせたというだけでは罪にはなりません。厳重注意のみです。そして昨日のハンターたちは、竜を傷つけ殺したこと、何より領主と四侯を暴走に故意に巻き込もうとしたことで重い罰を受けることになりますな」

割り切れないような思いだったが、どうしようもないことなのだろう。

ただ、卵を守るために命を落としたラグ竜のために祈るのみである。

朝食が終わるとすぐに出発だ。

「領の境目まではすぐですが、私はここまでです。ルーク殿、リア殿」

タッカー伯は私たちに近付くと、声を落とした。

「時には、切り捨ててでも守らねばならないものもある。竜と心を通じ合わせる力など聞いたこともない」

その目は真剣だ。

「いいですかな。今回は私が厳重に口止めをしておくが、その力を容易に他人に知られてはなりません。四侯の跡継ぎたるルーク殿にはなかなか手は出せませんが、リア殿は別です。リア殿の価値がまた上がってしまいますぞ」

またとはなんだ。しかし、兄さまはしっかりと頷いた。

私も頷くべきなのだが、それでもこう言わずにはいられなかった。もしラグ竜を見捨てていたら、私はいつまでも後悔し続けただろう。

私は胸に手を当ててタッカー伯を見た。

「りゅう、まもる。りあのこころ、まもる。ちかたにゃかった」

タッカー伯は、この子どもはまったくという顔をした。

「オールバンスゆえ、しかたがないのかもしれぬ。ギル殿」

心持ちかがめていた背をのばすと、タッカー伯は竜の上のギルを見上げた。

「はい」

「頼みますぞ」

「わかっています」

二人は目をしっかり合わせて頷きあった。何をわかっているのやら。

思ったより時間がかかったけれど、その後は順調に王都へと向かった私たちだった。

第三章

リアの惑い

私は背伸びして、屋敷の窓から庭を眺めている。王都に戻ってきて、やっと落ち着いた頃には季節は真冬になっていた。

冬枯れの庭は、それでもところどころにある常緑樹が濃い緑で、四季咲きの花が一つ二つ、小さな花をつけている。庭の東側には温室もあり、そこならお花も咲いていて、屋敷の中には一年中飾る花が絶えることはないらしい。

「にいしゃま、まだかな」

そろそろ迎えに出たほうがいいだろうか。明日から週末なので、今日は兄さまが寮から戻ってくる日なのだ。私は玄関に行ってみることにした。

「リーリア様、どちらへ」

「にいしゃま、おむかえ」

「まだお早いかと思いますが」

私は一瞬ぐっと詰まった。早いと言ったこの人は、私が屋敷に帰ってから新しく付けられたメイドで、ナタリーという。もともとお屋敷の人ではなく、今度もレミントン家から紹介してもらった人だ。二〇代後半だろうか。夫を早くに亡くし、自立の道を選んだ人だという。

ハンナのことがあったので、レミントン家の事件への関わりを否定するためと、レミントンとオールバンスの関係が悪くないことを示すためにと、レミントン家の方から私専用のメイドを出すという申し入れがあったとか。

レミントンでは下のお嬢さん付きのメイドの一人だったそうで、貴族の小さい子どもの育て方にも通じているだろうとかなんとか、そういう理由だったようだ。

でも、と私は思う。ハンナだったら、きっと、「まだお帰りではないと思いますが、見に行ってみますか？」と言っただろう。いつも私のやりたいことをわかって、付き合ってくれていた。私は気づかれない程度にため息をついた。

「しょれでも、みにいきましゅ」

そう言って、ドアの方に向かった。ナタリーは特に何も言わず、ドアを開けてくれた。

ドアの外に出ると、そこには大柄な男の人が立っている。腰にはローダライトではない剣が差してある。

「リーリア様、どちらへ？」

「げんかんにいきましゅ」

「承知いたしました」

そう言うと、すたすた歩いている私の後を二人でついてくる。私はまた気づかれないようにため息をついた。

懐かしいお屋敷に戻ったら、色々なことが変わっていた。

いや、色々ではない。屋敷は何も変わっていないように見えた。

気がついたのは、屋敷の全ての使用人が玄関に集まり歓迎された後、二階に上がろうとした時だ。

お父様と上り下りした階段はそのままで、いつものように東棟に行こうとしたら、お父様に止められた。

「リア、今までの部屋は、バルコニーが広くて危険が大きい。西棟の父様の部屋の側に新しく部屋を用意したから、今日からはそこがリアの部屋だ。ルークの部屋も側にあるぞ」

「あい！」

元気に返事をした私が連れていかれたのは、今までより大きく、少し紫の入った淡いピンクとクリーム色で統一されたかわいい部屋だった。今まで使っていた小さくて低いベッドではなく、大人の使うような大きなベッドがどんと部屋の右側に寄せてある。

「上り下りしやすいように階段がついているし、父様も一緒に寝ることがあるだろうから、大きいものにした」

「あ、あい」

まあ、仮にも侯爵家、このくらいの余裕はあるのだろう。

「これからは朝と晩は父様と食事をするから、ちゃんと早く起きるんだぞ」

「あい！　うぇしゅたーでも、ちゃんとちてた」

ちゃんと起きて仕事に行っていたのだ。もっとも、仕事場では積み木をしていただけだったが。

「そうか」

お父様はそれだけ言うと、部屋の説明をしてから、私を下に降ろした。どうやらウェスターの話はあまり聞きたくないらしい。ちなみに帰ってからずっと抱っこされていたのだ。

「それから、リアには専属のメイドと護衛をつける。護衛は数人で交代、メイドは専任で一人だが、リアならすぐに全員覚えられるだろう」

「ごえい？」

メイドはわかるけれど、護衛とは何だろう。

「結局リアをさらった犯人は捕まっていない。しかも、ウェスターでもさらわれかけたと聞く。もはや屋敷から連れ去ろうなどというものはいないはずだが、リアがもう少し大きくなって、大丈夫だろうと思われるまでは護衛をつけることにした」

「ええー」

「嫌か」

「めんどうくしゃい」

正直な私に、お父様はふっと笑った。

「ウェスターでは例のハンターたちがそのまま護衛のようなものだったが、ここではそうもいかぬ。お前の行動は妨げぬようにさせるから、父様の心の平安のために、我慢してくれぬか」

「あい……」

兄さまにもさらわれやすいから気をつけろと言われているのだ。お父様と兄さまの心のためなら仕方ないだろう。

「そしてこれが専任のメイド、名前はナタリーだ。ハンナのやってきた仕事を受け継ぐことになる。レミントンで下の娘に付いていたそうだから、幼児の世話は大丈夫ということだ」

「あい。なたりー」

「はい、お嬢様。ナタリーと申します。よろしくお願いします」

「よろちくおねがいちましゅ」

私のその言葉に護衛からは柔らかな雰囲気が伝わってきたが、ナタリーはにこりともしなかった。どうしたんだろう。仕事が嫌なのかな。レミントンからこちらに来たくなかったのかな。しかし、お父様はそれに気がつかないようだった。

その次の日は週末だったので、お父様とも兄さまともずっと一緒で、以前は小さくて行けなかった屋敷や庭のあちこちにも足を延ばし、楽しく過ごすことができた。しかし、お休みが終わり、兄さまが寮に戻り、お父様が仕事に出てしまうと、私のやることは急になくなった。

お父様を見送って部屋に戻ると、そこからお昼まで何をやったらいいかわからない。部屋には真新しいおもちゃもあって、絵本もあって、幼児が遊ぶにはそれでいいんだろう。

でも、お店に来るお客さんと話しているブレンデルの声も聞こえないし、お店では後ろを向いていてもたくさんの人の気配がしていて、そんな中だからこそこっそり魔石箱をいじったりできたのだが、今は常に人の目がある。

ちらりと目を上げると、ナタリーがじっとこちらを見ている。おそらくハンナとは容姿の似ていない人を選んだのだろう。栗色の髪の毛に、茶色の瞳。かわいいというよりは、きれい。この人を相手に、ラグ竜の着せ替えごっこを頼んでみようか。いや、それも気まずい。

私は屋敷に帰ってきてから、初めて小さいため息をついた。

よし、外に行こう。私は立ち上がった。

「なたりー、おしょと、いく」

「お嬢様、外はもう寒くなっていますよ」

「うわぎ、きりゅ。だいじょぶ」

「そうでございますか」

ナタリーが折れてくれたので、私は新しいポンチョを着て、外に出る。

「お嬢様、どちらへ」

「おしょと」

「もうだいぶん寒くなっていますよ」

「うわぎ。だいじょぶ」

外の護衛にも一度止められた。階段をゆっくり自分で下りて、ナタリーと護衛を引き連れて、庭に出る。窓から見えたところまで、てくてくと歩いていく。春先には草が生えていて、虫がいて、時にはトカゲがいた。ハンナと一緒にうろうろした庭は楽しい所だった。

しかし今は、草は枯れていて、きれいに片付けられていた。それでも生えている緑の草は、きれいに手入れされていて、笛を作るだけの長さもない。もう冬になるところだから、虫も見当たらない。

もし虫を捕まえたとしても、驚いて笑ったり怒ったりしてくれる人もいない。

私はここで何をしていけばいいんだろう。

冬の初めの冷たい風が吹いている中、私はただ立ちつくすしかなかった。

結局玄関に行っても、やはり兄さまが帰るには早すぎて、部屋までとぼとぼと戻ってくることになった。

こんな時、幼児は何をするべきだろう。トレントフォースから持ってきた積み木はある。でも、一セットしかないし、それならたくさんの木切れがあったブレンデルのお店の方がいろいろあって面白かった。

絵本だってあるものは全部読み終わった。そんなに動かないから、お腹も空かないし、お昼寝だってなかなか寝付けない。

結局、兄さまが帰ってくるまで、壊れた結界箱を膝に抱えて、ナタリーに背を向けこっそり魔力の変換の訓練をして過ごすことになった。

「リア！」

「にー、にいしゃま！」

帰ってきた兄さまに抱っこされ、くるくると回される。

「リア、にーにでよいのですよ。にいさまなんて、大きくなったらいつでも呼べるのですから」

そう、私は家に戻ってきたのをきっかけに、兄さまをちゃんと兄さまと呼ぶことにしたのだ。

「やっと帰ってこられました。なぜ寮に入らなければならないのでしょう。ここから学院に通ったとしても、たいして時間は変わらないのですよ」

「あい」

私はやっと深く息を吸えた気がした。

「同世代の貴族と同じ食卓を囲む、寮の中で規律を学ぶなど、いろいろ目的はあるようだぞ」

一緒に帰ってきたお父様が兄さまをなだめるようにそう話している。

「それでお父様、お父様は同世代の人とは仲良くできたのですか」

「そうだな」

お父様は少し遠くを見た。

「同世代……スタン？」

「一人ではないですか」

「他には、あー、特には思い出せないな」

「では規律は？」

「人に決められた規律になんの意味がある」

兄さまはやれやれと肩をすくめた。

「やっぱり、寮など意味がないではないですか」

「うむ。さあ、食事にしようか」

お父様が面倒になってごまかした。特に会話に参加しているわけでもなくただ兄さまに抱かれて、仲のいい家族の話を聞く。これが充実した一時というものだ。

食後は私の部屋でみんなで遊んだり話したりし、兄さまに寝かしつけられてやっと安心して眠ることができた。

リアがおかしい《ディーン》

リアがやっと屋敷に戻ってきて、どれだけほっとしたことだろう。もう二度と連れ出されないように、部屋もバルコニーに出られないものにし、護衛もつけた。

母のいない子だから、専属のメイドも付けなければならない。ハンナと面影が重ならないよう、しかも優秀な者をと、人選には苦労した。結局レミントンで下の娘を見ていたというメイドを雇うことにした。

レミントンの下の娘は五歳になるが、とても活発だという。お付きのメイドも一人では足りず、幾人もいるということなので、その中から最も冷静な者を一人回してもらうことができた。

様子を見て必要なら人数も増やすつもりだ。ルークは早いうちに人を付けられるのを嫌がったので、五歳頃から一人だが、少なくともルークにはクレアがいた。

万全の態勢で臨んだつもりだったが、ルークが学院に行ってから一週間、リアの様子がおかしい。

赤子の半年は大きいと聞く。

リアにしても、片言からだいぶ流暢に話せるようになっていたし、背も随分伸びた。それでもお父様と手を伸ばすその愛らしさはこれっぽっちも変わってはいなかった。

だが。

こんなに静かな子どもだっただろうか。

いや、静かは静かだった。泣いているのもほとんど見たことがない。それでも色々なものに興味津々で表情が豊かで、ハンナをからかっては大きな声で笑い、一生懸命這い、歩けるようになってからは相変わらず一生懸命歩き回り、じっとしているかと思えば虫を捕まえている。そんな子どもだったはずだ。

しかし、今のリアはそうではない。夕食の時こそ楽しそうに、ご飯を食べ、今日あったことを話してくれる。しかし、メイドのナタリーとは距離があり、家の者たちにも、私やルークにも、なんというか、そう、遠慮しているような気がしてならないのだ。

私だけでは判断できない。ルークが寮から帰ってくるのを待って、日常一緒にいるメイドと護衛にも話を聞くことにした。

リアを寝かしつけてきたルークが納得できないように首を傾げている。

「やっと寝ましたが、おかしいです。リアは寝付きがよかったはずなのに、いつまでも寝なかった」

「一週間ぶりにルークに会ってはしゃいでいたのではないか」

「はしゃいだ？　リアがはしゃいでいたようには見えませんでした。むしろ何かを抑え込んでいるような」

「やはりか」

私はルークと顔を見合わせた。

「シーベルではどうであった」

「生き生きとしておりましたよ。さらわれる前のリアそのままに顔を輝かせて、なんでも楽しいというように」

「ふうむ」

私は顎に手を当てて護衛とメイドを見た。

「ナタリー、一週間付いてみて、リアの様子はどうだった」

「はい、あの」

いつもはどちらかと言うとキビキビして落ち着いているはずのナタリーが困惑した様子を見せた。

「あの、お嬢様は落ち着いていて、なんの手もかかりません」

「ふむ、ハンナの手は焼かせていたようだが。トカゲを手渡されたりはしなかったのか？」

「お嬢様はそんなことなさいません！　いつも絵本を読んでいるか、積み木やおもちゃで一人で遊び、時々は外に行きたいとはねだりますが、泣きもせず、騒ぎもせず」

ナタリーは困惑した様子を見せた。

「レミントンのお嬢様は活発な方で、一時もじっとしておられず、走り回り、気に入らないことがあると癇癪《かんしゃく》を起こし、メイドはそれに振り回されるという毎日だったので、静かなお嬢様にどう接していいかわからず、戸惑っています」

「そ、そうか」

静かなリアというのは想像もつかない。

「食事の手伝いをしようにも、ゆっくりとですがおひとりで食べてしまいますし、朝も起こされる前に起き、着替えもできるだけ自分でやりたいと言い、粗相もありません。私はお嬢様を見守る以外に、一体何をすればいいのでしょうか」

リアの話を聞くはずがメイドの悩み相談になってしまった。

「護衛のお前たちはどうなのだ」

「まあ、俺たちは何もないように見張るのが仕事ですが、正直なところ走り回る子どもの面倒も見なければならないと思っていましたので、肩透かしを食らったというか」

護衛はちょっと困ったように身動ぎした。

「なんにもです。なんにも困ることがないんです。あのくらいの年頃なら、疲れたなら抱っこでしょう。けど、時間がかかっても、自分で歩いていってしまう。機嫌が悪くなることも、ぐずることもない。楽といえば楽だが、はっきり言わせてもらえれば、変わったお子だとは思います」

ルークが暗い顔をしてそれを聞いている。ルークも寮に入らず、家から通うこともできるだろう。

しかし、結局リアは一人で昼を過ごすことになるのだ。

「無理にハンターたちと引き離したから……」

「しかし、逆にこちらに彼らを連れてきたら、彼らから将来を奪うことになるだろう」

ハンターの将来など正直どうでもよいが、そうなったらリアが苦しむのは目に見えているからな。

私たちからリアを奪った奴らへの憎しみがこみ上げる。それさえなければ、幼い頃のままのびのびと暮らせていたものを。

「受けたくなかったが、受けるしかないか……」

思わず声に出していた。ここしばらく悩んでいたことだ。

「お父様、何をです？」

「要は昼に一人なのがよくないのだろう。殿下から、平日の昼に自分の子どもの遊び相手にリアを寄こさないかと言われている。リアを外には出したくなかったが、それなら私と城に一緒に行けるしな」

「反対です」

ルークが大きな声を出した。

「学院にも聞こえてきます。だいたい男の子ですし、リアより一つ上だし、それこそやんちゃで乱暴者で、だから遊び相手がいないのだと」

そんな者に大切なリアを差し出すのかと、憤っている。まあ、そんな者というが、一応キングダムの直系ではある。

「だが、しおれた今のリアを元気にする方法が思いつかぬのだ」

「それは！」

ルークにも手立てがあるわけではない。リアが戻ってきたからといっても、何もかもが上手くいくわけはないのだった。

◆

その週末は、兄さまもお父様も、ずっと一緒に遊んでくれた。特にお父様が厩に連れて行ってくれて、ラグ竜を見せてくれたのが楽しかった。

「キーエ」

「キーエ」

寄ってきたラグ竜が大きな声で鳴く。厩と言っても、屋敷から少し離れたところにあって、しかもそれはかなり広い草原につながっていた。ラグ竜は三〇頭ほど。王都にこんな広い土地を持っていてラグ竜のためだけに使っているとか、さすが四侯のオールバンスである。

「私が主に使っているのはこのラグ竜なのだが、ラグ竜は一頭だけでは寂しがるので、厩を持たない近隣のラグ竜をまとめて預かっているのだ。そうして群れにしておけばラグ竜も落ち着くからな。うちのラグ竜は五頭ほどだ」

「私の竜はこれですよ」

兄さまが嬉しそうに一頭のラグ竜の胸を叩く。この竜は旅の間も一緒だったので私も知っている。そして竜も私を知っているのだが、どこか心配そうにそっと口で私を押している。私は両手でそのラグ竜の頭を抱えた。

「だいじょぶよ」

「キーエ」

そうなの。元気がないわと、そう言っているようだった。私は大丈夫という意味を込めてラグ竜の頭をそっとぽんぽんと叩いた。

「ラグ竜が怖くない子どもって、珍しいですね」

思わず護衛が声を出した。

「なあに、嬢ちゃんは特別さあ。まあ、ルーク様もディーン様も怖がったりしなかったが」

竜の仮親という、私が竜に大切にされるわけをあらかじめ聞いていたらしい少し年老いた厩番が、なぜか自分のことのように自慢そうだ。

「リア、乗ってみるか」

「あい」

お父様がまずラグ竜に乗り、私は厩番からお父様に手渡された。お父様は手綱は持たずに、私を抱っこしながら草原をゆっくりと歩く。兄さまは並んでラグ竜に乗っている。囲われているとはいえ、その端も見えないほど広い草原からは、屋敷が見える他はほとんど何の建物も目に入らず、私は久しぶりにのびのびした気持ちになった。

「リア、毎日退屈か」

お父様が突然そう話しかけてきた。

退屈。そうなのかもしれない。少なくとも、トレントフォースでは自分もお店のみんなの一員だったし、狩りでは結界箱を持って参加したりと、生活のために生きているという実感があった。でも今は、何もかも整えられ、手を出すところのない毎日である。

「あい。リア、しゅることがない」

「リアくらいの年なら、遊ぶのが仕事なのだが、さて」

お父様はなにか考えているようだ。

「ナタリーはどうだ」

「ちゃんとちてる」

「遊び相手にはならないか」

私は首を横に振った。申し訳なくて、遊んでくれとは言いにくいのだ。隣で兄さまが気がかりそうにこちらを見ている。

「家庭教師をつけるという手もあるのだが」

まだ読めない言葉がたくさんあるので、それは嬉しい。

「むじゅかちいほん、よむ、ちたい」

「そうか。それも一つの手ではあるが、少し早すぎるしな」

「私の時も三歳からでした。まだ二歳になっていないうちにそれはどうかと思います」

なるほど、兄さまはそうだったのか。三歳というのも早いような気がするが。

「ルークの場合ダイアナが、いや、なんでもない。ゴホンゴホン」

お父様は案外うっかりで、すぐになにか都合の悪いことを口に出してしまう。今回のダイアナとはいったいなんだろうか。気にはなるがここは突っ込まないほうがいいのだろう。

「なあ、リア」

「あい」

お父様は私を呼んだが、そのまま黙ってしまった。

兄さまが隣で横に首を振っている。やめた方がいい？

そんな感じだ。

「父様な、ちょっと頼まれごとをしていてな。しかしリアは披露目前だし、外に出したくはない。しかし外に出すと言っても城だし、そうすると少なくとも父様と昼は一緒で、休憩時間には会えるかもしれないし」

お父様は私に話しかけているような、いないような感じで、一人でぶつぶつ言っている。兄さまがあきれたような目でお父様を見た。

「結局、自分のためではないですか。お父様、ずるいですよ」

「少なくとも、城の方がおもちゃは多いと思うのだが。それに殿下のお子と一緒なら、家にいるより人の目が多い。警備的にも安心だしな」

どうやらお父様と城に一緒に来ないかと言われているようだが、どういうことなのだろう。

お父様は、本当は話したくないのだがというそぶりでしぶしぶ話し始めた。

「リア、実はな、前々から、お前を息子の遊び相手にと、あー、この国の王子から求められていてな」

「そのこ、いくちゅ?」

「あー、リアより一つちょっと上で、三歳かな、確か」

「しゃんしゃい。たいへん」

「ブッフォ」

この声は後ろをついて来ていた護衛の声だ。一歳児が三歳児に何を言っているという笑い声なのだろう。しかし、男の子で三歳と言ったら、もちろん、中には静かな子もいるだろうが、たいていは一日中走り回っているような元気な子ばかりだ。それに対して、私はそれほど活発なほうではない。

「りあ、いっしゃい。もっとおおきいこにちたらいい」

「そうだよなあ。父様もそう思うよ。だがな」

お父様が困ったように私を抱えなおした。

「お父様、いくらお昼をリアと一緒に過ごしたいからといって、ちゃんと考えてください。癇癪持ちで、年上の遊び相手からも避けられるようなお子ですよ。活発でいいとか言われていますが、年下の女の子を遊び相手になど、王家は一体何を考えているのか」

「まあ、そうなのだが。私に対しては別に態度は悪くはないのだぞ」

「大人ですらお父様に太刀打ちできないのに、三歳児ができると思いますか」

「いや、ルーク、そこまで言わなくても」

お父様がたじたじとなっていて面白い。兄さまもずいぶん言うようになったものだ。私は感心して兄さまを眺めた。

「とにかく、一度だけでも父様と城に来てみないか。お披露目の後でもいいかと思っていたが、相性もある。何より昼は父様と一緒だし」

普段ならすぐに行くと言ったと思う。そして私限定で心配性なお父様に、あれこれ準備させられて、結局城に行くまでずいぶん時間がかかったと思うのだ。でも、その時私は自分では気がつかなかったが、相当元気がなかったのだと思う。

「りあ、おうちにいましゅ。おうちでしじゅかにちてましゅ」

私はそう答えていた。お城に行ってもどうせ一人なのだ。一人でないとしたら、乱暴な三歳児の相手をさせられるだろうし。お昼はお父様と食べるのかもしれないけれど、その後はどうせ一人になるに決まっている。それなら家にいたほうがいい。

自分でも信じられない。それがいい子だと、そうするべきだと思っていたなんて。

「リア、なんてことだ」

「お父様、これは駄目です」

なぜか兄さまと父様は青くなり、すぐに私を城に連れていく話にまとまったのだった。

私は外からもよほど元気がないように見えたらしい。あんなに城に行かせることに反対していた兄さままで、

「とにかく一度行ってみてから考えましょう」

と考えを変えたほどだ。このまま家に一人でいさせては駄目だと判断されたようだ。

「だれか、おうちに、あしょび、こない？」

一応、誰かが来てくれないか聞いてみたが、一度誘拐されているせいでなかなか難しいらしい。オールバンスとしても身元の不確かな者を家に入れたくはないし、誘拐される危険性のある子ども、つまり私の側に自分の子どもを置くことが敬遠されているということもある。

それなら王族こそそんな危険な子どもを側においては駄目なのではと思う。しかし、城にいてもさらわれる可能性があると思われることは、王家にとっては信用問題なので、私が城に行く分には全く

問題がないそうなのだ。

難しいものだ。よく考えたら、ウェスター王家の小さい男の子たちとも楽しく遊べたし、エイミーとも、トレントフォースの子どもたちともうまくやっていたのだから、今更男の子一人の遊び相手になるくらい、何の問題があるだろうか。お城のあちこちを探検するのは面白いはずだし、いろいろな本があるかもしれない。

さらわれて、いきなり環境が変わっても何とかやっていたはずなのに、ちゃんと家に戻ったらどうしていいかわからないなんて、不思議なことだ。

帰るのに必死だった頃には気がつかなかったけれど、たくさんの人に迷惑をかけた自分が、これ以上誰かに迷惑をかけてはいけないと思い込んでしまっていたらしい。

でも、その時はそれが自分でもわからないまま、私は兄さまにもお父様にも、そしてナタリーにも護衛にも心を開かないままうつむいて暮らしていたのだった。

第四章

ニコラス王子

私を受け入れる城側のほうも、ずっと娘が遊び相手になるのを渋っていたお父様が、突然私を連れてくると言い出したものだから大慌てだったようだ。

「すぐに連れていけると思っていたが、家庭教師や護衛を増やすだの、メイドを誰にするかだの言い始めてな」

「かていきょうし」

「王家では三歳になった頃から、読み書きやいろいろなことを勉強し始めるのだそうだ」

「にいしゃまも、しゃんしゃいから」

王子じゃないのにという意味を込めて尋ねると、お父様はちょっと気まずそうな顔をした。

「ルークはまあ、他にすることもなく、本人の希望でもあったしな。だが、普通は五歳くらいからだな」

「おうじしゃま、たいへん」

「まあ、そうだな」

だいたい遊び相手としてつれて来いと言いながら、最初から準備していないなんて、正直王家とは無能なのかと思ってしまったあたりから、少しずつ気持ちが上向いていたように思う。なんだかんだ言って、環境が変わることは私にとってプラスに働いたようだ。

城側で準備ができるまでの一週間、行きたくない気持ちと微妙な期待感と共にいつも通り暮らし、楽しい週末が過ぎて、ようやっと城に連れて行ってもらうことになった。ようやっとということは、やっぱり私も微妙にではなく、ちゃんと期待していたのだろう。

私にはナタリーと、家の護衛一人がつけられることになった。ナタリーは思いもかけず城に行くことになって緊張しているようだ。いつもよりさらに無表情になっている。

私ももう二週間一緒に過ごしてきて、ナタリーという人が少しずつわかってきた。要するに、仕事はできるけれど、まじめで融通が利かず、ハンナと違って内緒でおやつを一緒に食べるというようなことができない人なのだ。

一方、何人かいる護衛の中で主に昼に付いてくれているのはハンス。四〇歳を過ぎていると思うが、少しやんちゃな感じがする人だ。護衛隊に入っていたらしいが、数年前に辞めてそこからは貴族の護衛として個人で雇われて働いているということだった。

週末明け、学院に泣く泣く戻る兄さまを見送った後、いつもよりほんの少しおめかししてお父様と竜車に乗る。どのくらいおめかしかと言うと、頭にリボンを巻いて、ふわふわした髪を少し抑えたくらいだ。

いつもはお父様はラグ竜に乗ってさっさと城まで行ってしまうのだが、今日は竜車だ。四人掛けのこじんまりとした箱型の竜車に、お父様、私、ナタリー、外に御者と護衛である。

「おとうしゃまに、ごえい、いない？」

「必要ない。あんなもの面倒くさいではないか」

「ブッフォ」

この声は外の護衛に違いない。どうやら話が聞こえていたようだ。面倒くさいのに娘には護衛を付けるという親バカっぷりがおかしいのだろう。護衛も失礼だが、お父様はさらっと無視している。

「オールバンスは先祖代々ラグ竜を飼っているので、その関係で屋敷が少し町から離れているのだ。それに城の近くだとしょっちゅう呼び出されて面倒だしな」

「ぐっ」

今度は護衛は耐えたらしい。

「そういえばリアは、昼にちゃんと王都を見るのは初めてか」

「あい！」

よく考えたら、ウェスターから帰る時に通ったけれど、あの時は町をゆっくり見る余裕などなかった。

「ほら、窓の側においで」

お父様が座席の上に私を立たせて後ろから支えてくれた。

「わあ」

王都の朝は辺境に比べるとゆっくりだ。これから仕事に向かうだろう人がたくさんいた。辺境は夜に活動できないから、朝早くから働く。私も父様と優雅に朝ご飯を食べてからの出発だから、時間にしたら今は九時頃ではないだろうか。トレントフォースなら、もうみんなしっかり働いていた時間だ。オールバンスの屋敷の側ではまばらだった竜車は、町に近付くにつれてどんどん増え、人を乗せている物もあれば、荷車のように野菜をたくさん積んでいる物もある。人々の顔は明るく、活気に満ちている。

まだ朝ご飯の時間なのか、パンを焼くような匂いや、肉の香ばしい匂いが漂い、道端には屋台が出ていたりする。

「みんな、まりょく、ありゅ」

私は思わずぽつりと言った。

「そこまで違うのか。辺境のハンターには魔力があったと思うが」

「あい。はんたー、きょぞくしゃがしゅのに、まりょくちゅかう」

「町の人たちには？」

「まりょく、ない」

結界内で、魔力がないことで受ける不利益はない。そもそも魔力を使おうとすら思わないのに、なぜキングダムの国民には魔力持ちが多いのか。いつか答えが出るまで、その疑問は大事に頭の中にしまっておこう。私はそう思いながらも、主に屋台をチェックしていた。いつか食べに行こう。

「あの、お嬢さまはにぎやかなものがお好きですか」

ナタリーが遠慮がちに、私にともなくお父様にともなく、聞いた。家族の会話なので、口を挟んではいけないのではないかと思っているんだろう。

「そういうわけでもないだろうが……リアはつまり、好奇心旺盛で、いろいろなことに興味があるということなのだろうな」

お父様が町を見るのに一生懸命な私の代わりに答えている。確かに一人で本を読んでいて何も言わない子に、一体どうかかわればいいのかメイドとしても悩むだろう。

そうか。私はナタリーを見た。

外に出たせいか少し不安そうなナタリーは、いつもより若く見えた。ナタリーは、私に興味がないわけでもなく、面倒と思っているわけでもなく、ただどうしていいかわからなかっただけなのか。

このところうつむいて暮らしていた私には、どうやら何も見えていなかったらしい。

「なたりー」

ナタリーは驚いて私を見た。

「はい、なんでしょう、お嬢様」

「りあ、やたいいきたい」

「はあ、やたい？」

「あしょこ」

突然私からきらきらした目で見られて、ナタリーはちょっと戸惑っているようだ。ここはすかさずいけませんと言うべきところだろうに。ナタリーも案外残念かもしれない。

「リアを連れてきてよかった」

立っていた私を支えていたお父様の腕が、私をくるりと包み込んだ。

「おしょと、たのちい」

「そうか、そうか」

ナタリーのことをすっかり忘れてニコニコする私たちだった。

それからも町のあちこちを指さしつつ、おそらく三〇分ほどで城に着いたと思う。初めてだから何とも思わなかったが、これが毎日だと結構飽きるかもしれない。幼児には三〇分は結構長いのである。

「わあ、おおきい！」

さすがにウェスターの城と比べても大きかったし、お父様が顔パスで大きな城の門をくぐった後は、お城にたどりつくまでの庭園も広かった。

「きょぞく、でないから」

「ん？　リア、どうした？」

「ちーべる、おちろ、おにわ、ちいしゃかった。きょぞく、でるから」

「そうなのか。リアは父様の知らないことも知っているのだなあ」

お父様はちょっと寂しそうにそう言った。本当はお父様も辺境に行ってみたいのだ。しかし、元々生きていた世界でも、旅行と言えばまず国内だった。無理に辺境に行かなくても、行くところはたくさんあるのではないか。

「おとうしゃま、りょこう、いっしょ」

「旅行か」

「おうとも、おうとのしょとも、まだみてないでしゅ」

お父様ははっとして何かに気づいたような顔をした。

「そういえば、辺境に出さえしなければ、どこに旅行に行ってもいいのだ。ただし往復で最大八日か。余裕を見て六日。そうだな、例えば三、四日でもよいのだな。よし、リア、今度一緒に出掛けような」

「あい。にいしゃまも」

「そうしよう。もっとも、我らが来るということで大騒ぎであろうな。よし、お忍びだな」

「あい。しょれで」

朝の光の中でオールバンスが悪だくみをしているとは誰も思うまい。

まあ、どこに行くのにも護衛隊が付いてくるらしいのでお忍びなど無理だろうが、楽しみができた。

「まずは北の領地からがよいだろう。クレアの」

お父様は私をすまなそうに見つめた。

「リアの母様の実家だ。おじいさまに叔父様もおられるし、辺境にも近い。ルークも連れて、きっと楽しい旅行になるだろうよ」

「おじいしゃま！」

ちゃんと親戚がいたのだ。私は嬉しくなって座席の上でぴょんぴょん弾んだ。

「弾んではいけません」とナタリーが言えるようになるまで、仲良くならないといけないと思いながら。

とまあ、そんな話ができるくらい、門から城までは長かった。

広い庭園には噴水もあり、きれいに整えられた植栽もあちこちに配置されていた。お父様とお話ししながらそれらを見るのに一生懸命だった私は、城の前にずらりと並んだ人たちには気がつかなかった。

「さ、城に着いたぞ」

「あい！」

護衛のハンスが御者台から降りて、竜車のドアの前に移動した気配がしたが、誰かがドアを開ける前に、お父様はさっさとドアを開けてしまった。

「これは……」

お父様は一瞬立ち止まると、緊張してがちがちのナタリーを先に降ろした。

「リア、出ておいで」

「あい」

お父様に手を伸ばすと、さっと抱え上げてくれた。にっこりお父様を見上げた私だが、お父様は片方の口の端をちょっと上げて微妙に皮肉気な顔をしている。

「おとうしゃま、どうちたの?」

「うえ」

お父様は私を抱いたまま目を城の方にやった。私もつられてそっちを見た。

「ブッフォ」

「ハンス、にゃい」

私はハンスに首を振った。もともとちょっと思っていたことだが、どうもこの護衛は笑いの沸点が低すぎる。それでは護衛として失格ではないのか。もっとも、これだけの人の前で萎縮せずにいられる胆力はたいしたものかもしれない。

そう、城の入り口にはたくさんの人が並んでいた。貴族の人らしい雰囲気の人もいれば、その護衛、お付きの人、メイド、なんだかごちゃごちゃしている。そしてその人たちの前に、文官と思われるほっそりとした背の高い人が一人、護衛と思われる人が三人、ドリーくらいの年のメイドが一人、姿勢を正して立っていた。

お迎えの人が五人、残りは野次馬ということになるだろうか。

「ひましゅぎる」

「その通り」

ぽつりとつぶやいた私とお父様に、ハンスがまたぐっと詰まるが、さすがに護衛としての役割を思い出したようだ。まじめな顔をして私たちの左後ろに控えた。ナタリーは右後ろにいる。

「ずいぶん遅かったですね、オールバンス殿」

「特に何時とは決められてはいなかったはずだが。出迎えも頼んではおらぬ」

お父様よりやや若いだろうか。茶色のまっすぐな髪をお父様のように首の後ろできっちりと結わえた人が、お父様と不毛な会話をしている。

「そちらがリーリア様ですか。なるほど、噂通りの淡紫」

その人は、お父様に抱かれた私をちらりと見下ろした。目のことを言われるのは慣れているが、それでも気持ちのいいものではない。私はほんのちょっとイラっとした。そこでプイっと顔を背けてお父様の胸に顔をうずめた。

途端に後ろの野次馬ががやがやし始めた。小さい子どもがかわいいというような好意的なものがほとんどだ。別にかわいらしさを狙ったものではないのだが。

「時間も押しておりますし、それではリーリア様は私共がお預かりいたします」

文官の声に、護衛が一人前に出てきた。知らない人に抱かれたくない。私はお父様にしがみついた。

「必要ない。ニコラス殿下のところまでは私が連れていく」

「殿下は勉強部屋までいつも自分でおいでになります。遊び相手だけが親と一緒では、殿下に対して不公平になります」

「貴公も言っている通り、リーリアは遊び相手として呼ばれてきた。殿下が遊ぶ時間だけ一緒にいさせればよい。やいやいうるさいから連れてきてみれば、一歳児を朝から親と引き離そうなどと道理が通らない」

私も遊び相手と聞いて、トレントフォースのように、夕方から二時間かそのくらい、一緒に遊ぶだけだと思っていた。もしかしたら午前中かもしれないけれど。そして残りの時間はお父様と一緒にいられるのかと思っていた。

「そもそも、勉強部屋自体が殿下の家のようなものではないか。自分は家にいて、遊び相手だけ自分で来いということこそ不公平であろう」

「とりあえず数日は丸一日一緒にしてみて、様子を見るという話になったではありませんか」

「私は聞いていない」

「それは何とも」

どうやら行き違いがあったらしい。せっかく遊び相手になる子が来るということで張り切った王子側と、私のことが心配で、おそらくどう守るかということばかりに頭が行っていたお父様側と、まったくすり合わせができていなかったに違いない。

私は思わずあきれてお父様の胸から顔を上げた。お父様越しに、ハンスがまじめな顔をしながら笑いをこらえているのが見えた。まったく。

お父様が話を聞かなかったのか、それとも城側の不手際なのか。さて。

その時、城の扉から、やはり文官らしき人が急いでやってきた。まっすぐお父様を目指している。

どうしたのだろうか。

急いでやってきた文官らしき人は、

「申し訳ありません、少々急ぎの問題が発生しまして、すぐに仕事に入ってほしいとのことです」

お父様にそう言った。

「うむ。急ぎの仕事が入ったようだ」

お父様はそうつぶやくと、私を抱いたまますたすたと城の扉に向かった。仕方がない。

「おとうしゃま」

「なんだリア」

その優しい声に、周りの人がほうっとため息をつく。人気者か、まったく。

「りあ、おうじといりゅ。おとうしゃま、おちごと、ちゃんと、しゅる」

「しかしリア」

「だいじょぶ。はんす、なたりー、いっしょ」

お父様と城側で何の認識のずれがあるかはわからないけれど、とにかく、遊び相手として来たのだから、私はその仕事をするべきだろう。

お父様は私を見て、そして最初に私を連れて行こうとした文官を見て、最後にハンスとナタリーを見た。

「リアを頼めるか」

「はい」

「そのためについてきたんですから」

二人はしっかりと頷いた。お父様はしぶしぶ私を降ろすと、私の前にしゃがみこんだ。

「いいか、あの文官は確かライナスと言って、王子の世話係というか、まあ、王家の執事のような仕事をしている。若いくせに頭の固い、融通のきかない奴だから、言うことは聞かなくてもいい」

「おとうしゃま……」

私はちょっとあきれた。娘に大人の言うことを聞かなくてよいと言う親などいるだろうか。

けれども、とても気が楽になった。お父様は小さい声で続けた。

「もちろん、王子の言うことも聞かなくてよい。王子のために連れて来たのではない。リアが楽しいかもしれないと思って連れて来たのだ。誰に遠慮することもなく、楽しんで過ごしてくれ」

「あい」

私はくすくすしながら頷いた。親バカもここまで来るとすがすがしい気がする。お父様は立ち上がると、ライナスという人に向かってこう言った。

「それではリアは貴公に預ける」

そうして迎えに来た文官とさっさと城に入ってしまった。いったん決めると早いんだから。

私はやれやれと肩をすくめると、ナタリーとハンスの方に向かい、ハンスに手を伸ばした。この城の大きさからしてすぐ近くに王子がいるとは思えない。さっき、ライナスという人は時間が押していると言っていたはずだ。こんな時よちよちと歩いている場合ではない。いや、すたすただった。

ハンスは初めて自分から手を伸ばした私に少し戸惑ったようだが、グイッと抱き上げてくれた。

「やれやれ、オールバンスの身勝手さは変わらぬ」

ライナスという人はお父様を呆気に取られて見送ると、右手でこめかみを押さえてそうつぶやいた。

うーん、小物臭が漂うセリフだ。それから私の方に振り向いた。

「リーリア様。私はライナスと申します。もう殿下の勉強が始まっている時間ですので、直接勉強部屋に向かいます。本来なら歩くべきところですが時間がありませんのでそのままで」

「あい」

「侍女も護衛もいらぬと申したのですが」

そう言われたからといって、もうすぐ二歳とはいえ一歳児が、今ここで侍女と護衛を置いていく判断などできるわけがない。どうやらライナスという人もちょっとポンコツなようだと私は判断した。

「はんす、なたりー、ちゅれていく」

「仕方ありませんな」

そうしてライナスに連れられてぞろぞろと広くて長い廊下を歩いた。入り口から左回りに進んでいくと、城の左奥が居住区のようで、衛兵付きの大きな扉の向こうには、大きなホールがあり、二階に伸びる階段があった。

それはオールバンスのお屋敷を少し小さくしたような作りだった。つまり、お城にお屋敷がくっついているようなものと私の目には映った。ちなみに、ここに来るまでにハンスの足で十分近く歩いているのではないだろうか。私は窓の外を眺めた。おそらく城の庭園から来た方が早かったのではないか。

「りゅうちゃできたらいい」

「リーリア様、俺もそう思います」

ハンスが力強く頷いてくれた。まあ、最初の一回だから正面から入る必要があったかもしれないが、明日からは必要ないだろう。まして入り口からここまで歩かせられるかと思うとぞっとする。

「さあ、殿下は二階で勉強していらっしゃいます。参りましょう」

ライナスに私は頷き、ハンスにも頷いた。

「おりりゅ」

「いいのですか」

「あい」

ハンスに降ろしてもらうと、ライナスの後をついて階段を上った。もちろん、後ろからぞろぞろと護衛とメイドも付いてくる。

階段の先には両側に広い廊下があり、ドアがたくさん並んでいる。その左側の奥の方のドアの前にライナスは進み、ドアをノックした。

「どうぞ」

少し高めの男性の声がし、私たちは順番に部屋に入った。部屋は図書室だった。

天井の高いその部屋はおそらく二、三階を吹き抜けにしたもので、窓から柔らかい光が差し、壁一面にたくさんの本が置かれていた。

「わあ」

これはいつか難しい字が読めるようになったらぜひ入り浸りたいものだ。私はそのまま壁の本の方に歩こうとした。

「リーリア様」

あ、そういえば用事があったんだった。うっかり忘れていたが、ライナスの声に私は部屋の中央へと振り向いた。

そこには小さな教室があった。いや、教室というほどではない。ただ、つまり日本でいうところのあいうえお表の貼ってある黒板が置かれ、その前に神経質そうな男性が一人立っている。そしてその前にはたった一人きりの生徒が、鉛筆のような物を持って小さい机を前に小さい椅子に座っていた。とても不満そうな顔をして。

私はその子どもを見て思わずひゅっと息をのんだ。黄色い目。私をさらった、あのイースターの第三王子と同じ。反射的に恐れと怒りがこみ上げたけれど、私はその自分の心を抑えつけた。だって、その目も私と同じ驚きに見開かれていたのだから。

「オールバンス」

そうつぶやいたその子も、小さいながらも、王家と四侯の目の色が珍しく数も少ないことをわかっているのだろう。おそらくお父様と同じ目の色に驚いたのだ。

目の色の違和感にさえ目をつぶれば、あとは私と同じ、いや、私よりちょっと大きいだけの普通の幼児だ。金色の髪がぽわぽわとしており、不機嫌な天使のようで愛らしい。

しかし、見かけはともかくとして、

「まりょく、おおきい」

私は思わずつぶやいた。こんなに小さいのに、おそらく兄さまと同じほどの魔力量があるだろう。自分の魔力は見ることはないのでわからないが、私よりもかなり多いのではないか。四侯を上回る、これが王家の力なのかと、納得するだけの大きさだった。

しかし今はそのことは関係ない。私はその子に向き合うと、

「りーりあ・おーるばんすでしゅ」

とちゃんと挨拶した。男の子はまた驚きに目を見開くと、椅子から立ち上がり、私の方に一歩進んだ。

「だいいちおうじランバートがちょうし、ニコラス・マンフレッド・キングダムである」

これはまた偉そうな名前である。噛まずに言えたことに素直に感心した私だった。しかし長すぎる。

ということは、略すと、

「にこ」

である。そう呼んだ私に、ニコはちょっと戸惑ったようだ。

「ニコ？」

「あい。りーりあは、りあでしゅ」

「リア？」

「あい、にこ」

これで自己紹介は終わった。ニコは三歳だと聞いていたが、私より頭一つ分ほど大きく、少し見上げねばならなかった。

「リーリア様、仮にも殿下はキングダムの直系です。いきなりその、愛称で呼ぶのはいかがなものかと」

ここでライナスから物言いが入った。

私はあきれてライナスの方を見た。キングダムの直系とか、愛称で呼ぶなとか、一歳児にわかるわけないだろうに。わかるけれども。

私が一言なにか言ってやろうとしたら、ニコが口を開いた。

「よい。かまわぬ。ニコとよぶがいい」

「しかし」

「かまわぬといっている」

話に聞いていた、乱暴なお子様とはちょっと違うような気がする。自分でよい悪いを判断し、それを押し通せるのならたいしたものだ。私は少しワクワクしてくるのを感じた。

「殿下がいいのならいいでしょう。よいですか、リーリア様、殿下の温情をありがたく受け止め、感謝するのですよ」

うるさいので、私は聞かなかったことにした。

ところで私は何をすればよいのだろうか。まだ何か言っているライナスを置いて、私はニコの机に近寄った。最初見た時から気になっていた物があるのだ。

「これ、なあに？」

鉛筆のような物だ。真っ黒のクレヨンのような物に、手が汚れないように紙が巻いてある。大人の使うペンとも違うし、子どもの手にあわせてあるのか、少し短い。

「えんぴつだ」

「えんぴちゅ」

「こうして、かみにこうすると」

「わあ、ぺんとおなじ」

薄いけれども、線が引けるのだ。

「そして、こう」

ニコが横に置いてあった布の塊で紙をこすると、線は消えてしまった。

「きえた！」

「なんかいもかける、す、すぐれものだときいた」

「しゅごい！」

それはよいものだ。私は私より一回り大きいニコを見上げて、にこっとした。

「しょれ、かちて？」

おねだりである。

「うむ」

ニコは鷹揚に頷くと鉛筆を貸してくれた。物を貸せる三歳児はえらいと思う。私は鉛筆を握るようにちゃんと握って、線を引いてみた。すーっと。

「わあ、かけた！」

「うむ。よいせんだ」

ニコはもっともらしく頷いた。

「ブッフォ」

護衛失格の人が後ろにいたが、私は褒められたので調子に乗ってそのまま紙に絵を描いてみた。大きな口、小さな手、大きな足と尻尾。私はニコを見上げた。これなあに？

「これは……。らぐりゅうか」

「せいかいでしゅ！　にこ、しゅごい」

よくあれでわかったななどと後ろから小さい声がしたような気がしたが気にしない。

ニコは得意そうな顔をしたが、ちゃんと私のこともほめてくれた。

「リアもなかなかやる」

「あい」

いい子ではないか。しかし残念だが、いつまでも人の鉛筆を借りているわけにはいかない。私はしぶしぶとそれを返した。

「挨拶は終わりましたかな。それでは殿下は今日の分の勉強を終わらせてしまいましょう。ただでさえ遅れているのだから」

そこに教師の声が入ってきた。ニコはつまらなそうな顔をして椅子に座り直した。しかし、その教師は私には特に何も指示しなかった。

それなら私は何をしたらいいの？　私はくるっと大人の方を振り向いた。

ライナスに、ハンスを入れて護衛四人、ナタリーを入れてメイド二人、合計七人。これだけいたら、ちゃんと私が何をすべきか考えているはずだ。私は期待を込めて見つめた。

ニコが後ろであいうえおの勉強を始めているというのに、私には誰にも何も言わない。みんな私の視線が気まずそうだ。

お父様は言っていた。護衛を増やすとかメイドを増やすとか、そんなことに忙しくて一週間待たされたって。それはつまり、これだけの護衛やらなんやらを増やすことに一生懸命で、肝心の遊び相手について何をすべきかまったく考えていなかったということだ。

私はため息をついて腕を組んだ。

「ブッフォ」

どうやら組めていないわけだが。誰も考えてくれていないなら、自分で考えるしかない。となれば決まっている。

「かみとえんぴちゅ。そしてちゅくえといしゅをくだしゃい」

「子ども用の机と椅子を！　それから予備の鉛筆と紙を！」

すぐにライナスが指示を出し、バタバタと準備が始まった。こんな中で勉強できるのだろうか。私がニコの方を見ていると、ニコは面白そうにこちらを見ているし、もちろん手だって止まっている。

「殿下、書き取りがまだでございます」

と怒られ、小さいため息をついている始末だ。できるわけがない。

「ライナス様、紙と鉛筆は用意できましたが、用意してあったはずの机と椅子がどこにも見当たらず」

ぐだぐだである。お父様に遅いとか言っている間に、自分がちゃんと準備しようよ。私はあきれて天を仰いだ。

「じゃあ、かみとえんぴちゅくだしゃい」

「しかし書く場所が……大人用の机にするか……」

「いいからしゅぐくだしゃい」

私は紙と鉛筆をメイドから受け取ると、ニコの隣に移動した。そしてうつぶせに寝転んだ。

「な、リーリア様、床に、淑女、いえ、幼児ですが、女子ともあろうものが寝転ぶなどと。いえ、まだ女子ではないか?」

ライナスが慌てている。しかし、私は肘をついて体を起こすと、鉛筆で絵を描き始めた。足は膝を曲げてぶらぶらしている。どうせ思う通りに手は動かないのだ。好きなように描こう。

「おはな、ひとーちゅ、ふたーちゅ、みーっちゅ、こっちはー、とかげー」

なかなかよいのではないか。しかし紙がいっぱいになってしまった。私は消すための布を手にした。

「ぬのでー、けちてー、らぐりゅうをー、かきまちゅー、あ」

はみ出して床に描いてしまった。あらー。困っていたら、誰かの影が見えた。

「大丈夫ですよ、リーリア様。この布で急いでふき取ってしまいましょう」

「なたりー」

「リーリア様は、お絵かきがお好きだったんですね」

「あい。でも、おうちにかみ、ないでしゅ」

ナタリーは床を布で拭きながら、こう話してくれた。

「紙と鉛筆は、少し高めだけれど庶民でも買える物ですからね。ご当主様に言えばすぐに用意してもらえますすよ」

「ほんと？」

「ルーク様が使った物があると思いますよ。聞いてみましょうね」

「あい！」

これで少しは退屈が紛れるだろう。それでは今度ははみ出さないように慎重に描こう。

「じゃあ、にこ。まあるいおかおに、きいろのめ。ぷくぷくほっぺにへのじのおくち。しょして」

ぺしっ。

「え？」

聞きなれない音に顔を上げると、ニコが左手を右手で押さえてうつむいている。

「殿下、集中ですぞ。集中していないから、あいうえおも覚えられないのです。殿下は王族なのですから、普通の幼児に気を取られてはなりません」

そうしかりつける教師の手元には、小さい木の枝があった。

「さあ、もう一度あいうえおを順に書きましょう」

ニコの口がいっそうへの字に曲がる。鉛筆を持とうとしないニコに教師が小さな枝を振り下ろそうとする。

ぺしっ。

「いたい」

ニコの左手に重ねた私の手に、うっすらと赤い線がついた。これは痛い。

「いけましぇん」

私は教師に静かに言い聞かせた。後ろでハンスがこちらに向かおうとして、別の護衛に止められている。ということは、ニコにはこれがいつものことなのだろう。

一方、ナタリーはさっきから私の後ろに控えている。心強い。私はニコの手に手を重ねたまま、教師を見つめた。

「いたい、ちても、おぼえましぇん。たたく、にゃい」

「しかし、もう何か月も繰り返しているのに、殿下は覚えようとはなさらなくて。算術はあっという間に覚える頭のいい方なのに」

そんなことを私に言われても困る。算数が好きで、読み書きにはまだ興味がないというそれだけのことではないか。

「えだ、くだしゃい」

私は教師に片手を伸ばした。教師はしぶしぶ渡してくれた。私はそれをラグ竜のポケットに差し込んだ。当然はみ出ているけれども。

「えだ、きんちちましゅ」

「きんち？」

「ちゅかっては、いけましぇん」

「禁止、ですか」

何の権利があってと教師の口が動いたような気がしたが、権利などはない。幼児のかわいいお願いである。

私は重ねていた手をそっと外して、ニコの手を取った。少し赤くなっているが、怪我にはなっていない。

「いたいの、とんでけ！」

そう唱えると赤くなっているところにふっと息を吹きかけた。そのままニコをのぞきこんだ。

「もう、いたくにゃい？」

「もともといたくなどない」

そう言ったニコは結構意地っ張りであった。

「では殿下、まず『あ』を書けるようにならないと」

教師がそう言うと、ニコはちょっとため息をついて、鉛筆を持った。日本語に近いこの国の文字は、最初の「あ」に当たる部分がけっこう複雑だ。まずは読めれば三歳児には十分だと思うのだが。

隣で見ていると、右にくるんと回るところで戸惑っているようだ。

「みぎかひだりかでわからなくなるのだ」

そうつぶやいた。右と左とわかるだけでもすごいなと思う。

「えんぴちゅもちゅてのほうよ」

「えんぴつ。こっちか」

「あい。くるんと。りあのかみのけみたいに」

ニコは鉛筆を止めて私の頭を見た。それから紙に向き直る。

「えんぴつもつてのほうに、くるんと」

「あい、にこ、じょうず」

「うむ。できた」

ニコは教師の方を見た。

「はい。おできになりました」

ニコはほっとしてやっぱり息を吐くと、

『あ』はきらいだ」

とぽつりと言った。まあ、苦手なのに叩かれたりしたらそうなるよね。私はふと思いついた。

「きらいなら、やっちゅける」

「やっちゅける？」

私はニコの描いた「あ」の紙を手に取ると、ナタリーに手渡し、ラグ竜のポケットから木の枝を取り出した。ナタリーが不思議そうな顔で紙と私を見る。

「なたりー、かみ、うえから、おとして」

「ええ？　うえから、こうですか？」

ナタリーが紙を高く持ち上げ、手を放す。私は落ちてくる紙を木の枝で叩いた。

「えい！」

すかっ。紙はひらひらと落ちていった。

「「ブッフォ」」

ハンスはお給料を下げてもらった方がいいかもしれない。あと複数人いたと思う。私はくじけずに、落ちた紙を木の枝で叩いた。とにかく当たればいいのである。

「えい！」

そしてニコの方を向いた。

『あ』やっちゅけた。はい」

枝をニコに手渡す。

「こんどはにこのばん。なたりー、かみ、おとちて？」

「かみを、たたくのか」

戸惑っている。私は肩をすくめて見せた。

「りあ、できたのに。にこ、できにゃい」

「リアもできていなかったではないか」

ニコはそう言って椅子から立ち上がり、枝を構えた。意地っ張りは扱いやすいのだ。

そこにナタリーが紙を落とす。

「えい！」

がさり。

「あたった！」

「あたった！」

悔しくなんかないんだからね。

「じゃあ、もいっかいかいて、またやっちゅける」

「うん！」

「あい、えんぴちゅもちゅての方に、くるんと。あい、じょうず！」

ニコは今度はするりと書き上げた。それをナタリーに渡す。

「なたりーとやら。かみを」

「は、はい」

何度かやったら、ごほんごほんと聞こえてきた。教師の人だ。

「殿下、そろそろ勉強に戻りましょうか」

「うむ」

「ちゅぎは？　なにをかくの」

「うむ、『い』だ」

ニコはそう答えると、いに当たる文字をすらすらと書いた。

「つぎは『う』」

「しゅごい」

「しかし、つぎの『え』がな」

ちゃんと書けているが。私は首を傾げた。

「もういっかいうねっとするのかもしれぬ」

「しょれならたちてみよう」

私は鉛筆を受け取ると、ニコの『え』に、もう一つ線を足してみた。悩むくらいなら、足してみたらいいのである。

「ちがうな」

「へんになった」

「うね、はひとつだな」

「ひとーちゅ、だな」

私はうむと頷いた。もちろん、護衛失格の人は数名いた。

そうやって嫌いな字はいくつかあって、確かめてみるとそう難しいところで引っかかっている訳ではない。むしろ三歳で読めてこれだけ書けるのであれば十分ではないのか。

しかし、私はもうずっと書き取りをやっているので飽きてきていた。城には遊びに来たのではなかったのか。

私は見守っているらしいライナスに近づいた。

「ねえ、らいなしゅ」

「は？　なんとおっしゃいました、リーリア様」

耳が遠いのだろうか。お父様はライナスと言っていたような気がしたし、本人もライナスと自己紹介していた気がしたが。私は聞こえるように大きい声を出した。

「らいなしゅ」

「リーリア様、声が大きすぎます。そして聞き間違えではなかった。呼び捨て、幼児にいきなり呼び捨てされるとは、ライナス、初めての経験です」

なにかブツブツ言っている。聞こえているなら答えてもらおう。

「らいなしゅ、いちゅあしょぶの」

「はあ、いま遊んでいたように思うのですが」

「あしょんでない。べんきょうちてまちた」

私はむっとした。私と楽しく勉強したおかげで、ニコの苦手が少し減ったではないか。

「らいなしゅ、にゃい」

私は肩をすくめて、首を横に振った。

「はい？　にゃいとはいったい」

「もういいでしゅ。えほん、どこでしゅか」

「はい？　ええと、にゃいはもう終わりで、今度は絵本ですか」

だって、せっかくお城に来たのに誰も何も用意してくれないなら、自分で探すしかないではないか。

だんだんイライラしてきた私は、地団太を踏みそうになった。

「えほん！」

「お嬢様、絵本はこちらでございます」

もう一人いたメイドが見かねて声をかけてくれた。

「あい」

そんな私をニコがいいなあという目で見る。そりゃそうだ。もうどのくらい椅子に座らせられているだろう。私はニコの側に近寄り、目をのぞき込んだ。最初少し怖かった黄色の目は、よく見ると透き通ってきれいだ。

「にこ、りあにえほんよんで。にーにみたいに」

「にーに？」

「あ、にいしゃまみたいに」

うっかりにーにと言ってしまった。赤ちゃんみたいではないか。

「にいしゃま。にいさまか」

心なしかニコの顔が明るくなった。

「いいぞ。わたしがリアのにいさまのかわりに、えほんをよんでやろう」

「あい！」

「殿下、それにお嬢様、何を勝手に決めているのですか」

先生があきれたように言った。

「オッズ殿、ここはリーリア様の好きなようにさせてみましょう」

ライナスがたまにはいいことを言った。

「りあ、ちらないほんがいいでしゅ」

「ではこの『きしとりゅう』などどうだ」

「しょれ！」

しかし、ずっとおとなしく暮らしていたのに急にはしゃいだせいで、私は絵本を読んでもらいながら眠ってしまったらしい。つられて殿下も眠ってしまったそうだが、私のせいではないと言いたい。

急ぎの仕事でお昼を過ぎてしまったお父様が慌ててやってくると、お互い寄りかかって寝ている幼児が二人、どうしていいかわからずにおろおろする大人がたくさんいて、やれやれと思ったそうだ。

そんな話を帰りの竜車の中でお父様から聞いた。ゆっくり走らせている竜車のナタリーの隣の席にはかごが置いてあって、そこからいろいろ挟んだパンが手渡されてくる。気がついたら竜車に乗っていて、今がお昼というわけなのだった。

「まだあしょんでない」

私は両手でパンを掴んでもぐもぐしながら、少し不満そうに言った。

「しかし、昼前に寝てしまうなどと疲れている証拠。初日から無理はさせられまいと、連れて帰ることになったのだ。急ぎの仕事の分、私も無理をしたので早退だ」

お父様がちょっと嬉しそうだ。

「せっかく早く帰るのだから、竜を厩に戻すついでに、牧場で竜に乗るか」

「あい！」

「あー、リア」

「あい？」

お父様はちょっと言葉に詰まった。

「また行きたいか」

「おちろに？」

「そうだ」

「行きたい！　まだおにわにもいってない。えほんも、しょれから」

「ああ、わかったわかった」

お父様は興奮してパンを振り回す私の頭を優しくなでた。

「やっとお父様をちゃんと見てくれたな。最近下を向いてばかりで心配していたのだ」

「おとうしゃま……」

そんなに心配してくれていたなんて。そういえばよい子になろうとして静かにしすぎていたかもしれない。

「リアが元気になるとは、間抜けな城の者も少しは役に立ったというものだ」

「ええ……」

相変わらずのお父様である。

しかし確かに城の者の段取りは悪かったと思う。それに、自分のことだけではない。

「おとうしゃま、よんこう。けっかいのちごとしゅる」

「そうだぞ、リアは賢いな」

「ときどき、けっかいのちごとしゅる。なのに、どうちていしょがちい？」

「ふむ。父様は他の仕事もしているからだよ。内政の、あー、なんというか、いろいろなことを決めるお仕事もあるのだよ」

結界の仕事だけではないようだ。そして代わりがきかない仕事だから、ああして朝のように急がされることになる、ということなのだろう。しかし、私がもしキングダムの人なら、ただでさえ影響力のある人に、大事な仕事をさらに任せたりはしない。だって、力を持たせすぎることになるではないか。

つまり、結界を張る仕事の人に、他の仕事を任せたりしないと思う。

ここから導き出されるのは、キングダムという国が、よく言えば平和であり、悪く言えば無能の集まりということだ。

そんなことを考えていたら、ご飯を食べ終わってしまった。竜車で食べるのも楽しいものだ。ナタリーが手を拭いてくれる。そして私の手を握ったまま、手の甲をそっとなでた。

「なたりー？」

「リーリア様、ずっと気になっておりました。叩かれたところは痛くはありませんか」

「あ、ああー」

そんなこともあった。

「いまはだいじょぶ」

「無茶をなさってはいけません。私もハンスも驚きました」

そう言ったナタリーは本当に心配そうな顔をしていた。

「叩かれたとはなんのことだ」

お父様の固い声が響いた。

「あの、殿下をかばわれて、木の枝でお手を叩かれてしまって」

「なんだと」

お父様は私の手をとると、しげしげと眺め、ほっと息をついた。

「跡はついていない。木の枝とは、つまり殿下は家庭教師に叩かれたと言うことか」

「そのようです。学校の先生も勉強をさぼる男の子を叩いたりしていましたが、まさか三歳のお子にそこまで厳しいとは思わず、驚きました。リーリア様はそれを見て思わずかばったように見えましたが」

「あい。いたい、だめ。たたく、いけましぇん」

叩いても覚えたりしないんだから。

「アレは確かランバート殿下の家庭教師だろう。代々王家の教育は厳しくと言ったところか。ばかばかしい」

一刀両断だ。そういえば、お父様は勉強部屋に入ったみたいだから、オッズ先生を見たのだろう。

「おとうしゃまも、たたかれた？」

「そもそも叩かれるようなミスをしたことはない。もし叩かれたとしたら、速攻追い出すしな」

お父様ならやりかねない。

「おうじしゃま、きびちくて、たいへん」

「なんてことだリア、優しすぎる。王子という立場にも同情するなんて。同情が好きに変わることもあるかもしれない。ランバートめ、リアの優しさを利用してニコラス王子に同情させ、好意を勝ち取ろうなどとよもや考えてはいまいな？」

「おとうしゃま……」

そんなことを考える頭があの人たちにあるとはかけらも思わないのだが。それに王族を呼び捨てはやめようよ。

自分も王子をニコと呼んでいるだろうって？　遊び相手だからいいのである。

「あしたもいきましゅ。そちて、おにわであしょぶ」

結局今日は遊べなかったから、明日は遊ぶのである。楽しそうに座席で弾む私をお父様は一見無表情だがにこやかに眺め、その話を後で聞いた兄さまがとても悔しがったのだった。

嵐のような子《ライナス》

「遅くなった」

ばん、と、ノックの音もせずに扉が開いた。その音にもピクリとも動かない二人のお子は、よじ登ったソファで絵本を膝に載せながらお互いに寄り掛かって眠りこけている。まだ昼前だというのに寝てしまった二人をどうしたものか皆でおろおろしているうちにオールバンス侯がやってきてしまったのだ。

「これは……、よほど疲れたのだろう。昼を一緒にとろうと思って連れに来たが、ちょうどいい。今日はこのまま連れ帰ろう」

そうつぶやくと、殿下を一顧だにせず、リーリア様をそっと抱き上げると、すたすたと歩き去ってしまった。殿下はそのまま滑り落ちてしまうところだった。

リーリア様のメイドと護衛も慌てて付いていく。残された我らは唖然として立ちつくした。

「オールバンスの身勝手さよ……」

思わずつぶやいてしまったのも仕方のないことだろう。しかし、リーリア様がいなくなってしまった気配で、ニコラス殿下も目を覚ましてしまった。もともとなかなか昼寝をしない方である。リーリア様につられて寝てしまっただけであろう。

「リアはどこだ」

はっと隣を見て誰もいないことに気づいた殿下はすぐにそう口にした。

「眠ってしまったので、オールバンス侯が連れて帰りました」

「べんきょうしたらあそべるといったではないか！」

殿下は大きな声を出したが、確かにその通りなのだ。午前中は勉強、午後からは体作り。合間に遊ぶ、殿下の生活はそんなふうに進む。遊び相手が来るというのを、わくわくして待っていたのをなだめて勉強させていたのだから、殿下が怒るのももっともである。

「リーリア様は殿下より小さいのです。疲れてしまったのでしょう」

私のその言葉に殿下はリーリア様のことを思い返しているようだ。確かに小さかったと納得している。

「ではあしたは！　あしたはくるのか！」

「そういうことになってはいますが……」

オールバンス殿がどうするか次第なので何とも言えない状況ではある。教師の意図しないこととはいえ、もしリーリア様が枝で叩かれたことを知ってしまったら、あの子煩悩な様子からして、もう城には来させないと言いかねない。

「それならいい」

殿下はそう言うと癇癪を起こすこともなく、絵本をメイドに手渡している。

「殿下」

「なんだ」

その時、家庭教師のオッズが殿下に声をかけた。本来彼の仕事はここまでである。

「もう一度、あ、から順番に字を書いてみましょう」

「もうべんきょうのじかんはおわりだ」

「書いた物を明日リーリア様に見せたら、きっと驚かれることでしょうね」

「む」

殿下はその言葉にちょっと考えると、机の前におとなしく座って鉛筆を持った。

「あ、はえんぴつをもつての方に、リアのかみのようにくるんと」

そうつぶやきながらつぎつぎと鉛筆を動かしている。そして数分とかからずに書き終えてしまった。

「はい。殿下、全て正しく書けておりますよ。今日はこれでおしまいにしましょう」

「うむ。ぞんがいかんたんだった」

殿下は満足そうに頷くと、椅子から立ち上がり、護衛を従えながら食事へと向かった。

「オッズ殿」

「ライナス殿、間違いありません。これまで何か月かかってもできなかったことをたった一日でできるようになりました」

心なしかオッズの手が震えている。

「だいたい覚えているのはわかっていました。しかし、字の細かい所はどうでもいいと、ちゃんと覚えるのに今一つ意欲がなかったのです。何とか意欲を持たせて、次に進みたいと思っていたのですがなかなか進まず」

オッズはその手をぎゅっと握りしめた。

「それをたった数時間で。しかも、つまり、あの一歳のお子は、殿下より正確に字の書き方を知っているということになります。殿下を飽きさせず、楽しく、しかも自尊心をくすぐりながら教師のように覚えさせせた」

「まさか、それこそ偶然だろう」

「そうでしょうか。叩くのは、禁止だと。そう私を見た目は、私より年上のようで……」

「それこそあり得ない。なんにせよ、殿下の遊び相手どころか、勉強すら共にできる相手ならよかったではないか」

結局は勉強の邪魔にはならなかった。

「あとは、殿下の癇癪に耐えられるかだが」

「それこそいつ来るかわかりませんからね……」

一番の問題がまだ残っている。それにしても。

「ふ、ふふっ」

らいなしゅと、舌足らずに呼ばれて驚いたが、今それを思い出すと、おかしさがこみ上げてくる。

「どうしました、ライナス殿」

「物おじしない、嵐のような子どもだった」

「ああ、確かに」

なぜだか明日が楽しみでならない。

第五章

魔力操作

おうちに帰って、ラグ竜とも遊んで、疲れてもう一度たっぷりお昼寝した私は、次の日からも基本的に毎日お城に通った。つまり幼稚園のようなものだ。一週間そうして、問題が多かったり、負担が大きかったりするようなら、次の週から通う日を減らしていこうということになったようだ。

普通は少しずつ増やしていくものじゃないのかな。午前中は休憩を挟みながらニコと一緒に勉強、お昼はそれぞれの家族と過ごし、午後からは一緒に絵本を読んだり、外で走り回ったりする。そして、私のお昼寝が終わる頃、お父様と一緒にお家に帰るのだ。

勉強はちょっとつまらないが、ニコがわからないところを手伝ったりして、勉強がどんどん進んでいくのは楽しい。兄さまも恐ろしく賢いと思うが、三歳児とはこのような物分かりがよかっただろうかと思うほど、ニコも賢くて感心してばかりいる。

城の庭も整えられているのは自分の屋敷と一緒で、草笛を作ったりはできないが、それでも二人で走り回っているのは一人でいるよりずっと楽しい。

「リーリア様は走ってませんがね」

とハンスは言うが、私は確かに走っていると思う。ちょっとニコが一歳と半年分足が速いだけだ。お昼を食べて走り回ったら、いつでも眠くなるのがちょっと残念である。

「どうしてリアはいつもそうたくさんねるのだ」

とニコも文句を言うのだが、仕方ない。

「よくねると、おおきくなりましゅ」

そうとしか言えない。

「わたしはちいさいころもそんなにねむらなかった」

と言われても、私は小さい頃からよく寝てばかりだったので本当に仕方ないのである。

そうして一週間が過ぎ、

「私だってリアとそんなに遊んだことがなかったのに」

と兄さまに悔しがられ、目いっぱい週末遊んだ、次の週のことだった。

お父様を城の入り口に降ろして、護衛を乗り込ませた後、竜車でそのままゆっくりとニコのもとに向かう。最初の何回かはライナスも見に来ていたが、今ではメイドと護衛と、午前中は家庭教師のオッズ先生がいるだけになっていたはずだった。

しかし、その日はライナスが待っていた。

「ライナス殿、珍しいな」

気軽に声をかけているのはハンスである。城の護衛なら身分的にはライナスより下なのでこのような言い方はできないが、ハンスが仕えているのはオールバンス家なので、執事のライナスとは対等なのだというハンスの言い分である。よくわからないがはっきり物を言ってくれる人がいるのは助かる。

「ハンス殿、ですからあなたは」

ライナスはこめかみに手を当てている。ハンスの言い分とライナスの言い分は違うらしい。この人はどうも堅苦しい。

「いえ、今はそのことはどうでもいい。今日はせっかく来ていただいたのですが、殿下の調子が悪くて」

「例の癇癪か」

癇癪？　二人で話は通じているようだが、何のことだろうか。私の友だちのことだから、ちゃんと聞いておかなくては。

「らいなしゅ、にこ、ぐあいわりゅい？」

「そういうわけではないのですが」

ライナスは私の方に体を傾けた。しゃがみこんだりはしないのだが、こうして少しは幼児に近い所で話してくれようとするようになったのは進歩だと思う。

「殿下は時々ですが、なぜかイライラがひどい日があって、そんな時は癇癪を起こしてしまい、つい手が出たりと、一緒に遊ぶには大変なことがあるのですよ。今日はそんな日なので、リーリア様にはせっかく来ていただいたのですが、お帰りいただいた方がいいかと」

それならお父様に言って先に帰ったほうがよいだろうか。私はナタリーとハンスを見上げた。

「なにをしている！　リア、はやくこい！」

「殿下、飛び出してきてはなりません」

「うるさい！」

竜車が来たのを見たのか、ニコが飛び出してきた。確かにいつもより乱暴な物言いで、イライラしているのが伝わってくる。少し顔も赤いだろうか。いや、それだけではない。

「まりょく、いちゅもよりおおい」

ニコは普段から私よりも魔力が大きい。大きいからと言って何か問題があるとも思わなかったが、もしかして関係があるのだろうか。

「リア、はやくこい！」

ニコがそう言って手を引っ張るので私は転んでしまった。

「殿下！」

ライナスがたしなめるように声をかけた。

「だって、リアがおそいから！　ずっとまってたのに、こないから！」

地団太を踏むニコの前で、すぐにナタリーが手を伸ばし、私を起こそうとしてくれた。

「だいじょぶ。ひとりでできましゅ」

枯れてはいるけれど、ふかふかとした芝生の上に転がっただけだ。驚いただけで、別に痛くもない。

「あい。いきましゅ」

私は起き上がるとニコに手を伸ばした。

回りの者が驚いて私を止めようとするが、それより先にニコが私の手をぎゅっとつかむ。

今私が帰る方がよくないと思う。

少なくとも、友だちがいたら気がまぎれるかもしれないではないか。

しかし、握った手はいつもより少し熱い気がした。

「しゅこしあちゅい。にこ、おでこかちて？」

「おでこ？」

ニコが不思議そうだ。

「あい、こうちて」

背伸びしておでことおでこをごちんとする。ニコは目を大きく開いて固まってしまった。大人たちも、あ、という形で口を開いたまま固まっている。熱はこうして測るものでしょ。まったく。

「おねちゅはないでしゅね」

それならやっぱり魔力の問題だろうか。私は背伸びしてくっつけていたおでこを離すと、ニコの手を握った。とっさに対応できず、固まっていた人にちょっと一言だけ言っておこう。

「はんす、ごえいちっかくでしゅ」

「リーリア様、そりゃないですよ！　ああ、ご当主が見たら絶対怒られる」

嘆くハンスの声にやっと大人も動き始めた。

「リーリア様」

「とりあえじゅ、いちゅもどおりに」

わたしがそう言うとみんなきびきび動き始めた。ニコは何かにすがるように私の手をぎゅっと握っていてちょっと痛いくらいだ。いつも遊ぶときは、一緒に動き回っているけれど別に手をつないだりはしないのに。

「にこ、べんきょうは？」

「したくない！」

確かに、こんなにイライラしていたら座っているのも嫌だろう。私は手を握りながらニコの魔力を探っていく。魔力が多すぎて、あちこちで滞っているような気がする。魔力がなくなって倒れること

は聞いたことがあったが、魔力が多くて具合が悪くなることなど聞いたことがない。もっとも、幼児なのでたいていのことは聞いたことがないわけだが。

もし魔力が余っているというのであれば、魔石に吸わせて減らすことはできるだろう。しかし、ニコにできるかどうか。

本当は身内を呼ぶのがいいのだが、ニコのお母様はたぶん普通の貴族だから、魔力にそれほど詳しくない。お父様は王子だから、そうそう呼び出すわけにもいかない。それに魔石に魔力を吸わせた方がいいかもなんて、どう説明したらいいのか。それならば仕方ない。

「はんす、おとうしゃま、よんでくだしゃい」

「リーリア様、しかしご当主は仕事です」

「だいじなことでしゅ」

私は真剣な顔でハンスを見た。ハンスはふざけたところのある男だが、物事の考え方が柔軟で、応用が利く。ハンスはしばらく考えていたが、やがてそれしかないと思ったのか肩を落とした。

「わかりました。それなら、ライナス殿に頼みましょう。ライナス殿からの呼び出しなら、ご当主も仕事を抜けやすい」

「私がか」

確かにハンスは私のもとを離れられないし、ライナスは王族のお付きの人だから、四侯にものを言える立場だろう。

「リーリア様からの呼び出しだと言えばすぐにいらっしゃるはずだ。よろしく頼む」

「仕方がない」

ライナスも自分がここにいてもどうしようもないことはわかっているのだろう。すぐに動き出した。

私もニコと手をつないで階段を上がる。いつもは一人で登る階段を手をつないで二人で登るのも面白い。ニコを見上げると、やっと楽しそうな顔になった。

図書室に入ると、オッズ先生が待っていた。イライラするからなどという理由で休ませてくれる人ではない。

「では今日も」

とさっそく授業を始めようとした。

「しぇんせい、まってくだしゃい」

「リーリア様？」

いぶかしげな顔をするオッズ先生に、私は宣言した。

「きょうはおやしゅみでしゅ」

「はあ？」

こんな日は勉強などできないだろう。

「そんな勝手な」

これだからオールバンスはというライナスの声が聞こえた気がしたが、ライナスは今いないので、空耳であろう。私のまじめな顔に何かを悟ったのか、ニコを見て無理だと思ったのか、オッズ先生はとりあえず引いてくれた。

さて、だからといって調子の悪いままでは遊んでいても楽しくない。何よりニコがつらそうだ。

アリスターに魔力の扱いを教えた時は、魔力を押し込んでみたものだが、ただでさえ魔力が大きくなっているニコにそれは酷だろう。ではどうするか。

ちょっと考えてみて、私はひらめいた。

吸い取る、のはどうだろう。

魔力を吸ったことなどないが、要は自分の魔力を魔石に移すのと逆のことをすればいいわけだ。魔石の魔力を自分に移すつもりで、ニコの魔力を自分に移してみればいいだけではないか。

私はニコの方を向いた。

ちょっとだけ、ほんのちょっとだけなら、試してみてもいいのではないか。

何か言いたそうなオッズ先生はとりあえず置いておこう。

「にこ、しゅわって？」

「こうか」

私はニコと向かい合って座った。懐かしい。前にアリスターとこうした時は春の草原だった。

「てを、こう」

「こう」

手を両方つなぐ。魔力の流れをよく見て、ニコの魔力を、自分に動かしてみる。

「ぐっ」

「リア？」

できることはできるが、簡単ではない。思わず変な声が出た。

自分とは質の違う魔力が体に流れ込んでくる。それは自分の魔力と溶け合わず、体の中で渦を巻く。車に酔ったように胃のあたりがもやもやし、気持ちが悪い。

しかし、ニコの魔力はだいぶ減った。ニコの具合はだいぶいいはずだ。

「リア、あせをかいているぞ。てもあつい。どうしたのだ」

「にこ、ぐあいは？」

「わたしのことなどどうでもよい！　いや、どうしたことだ。もやもやしていたものがなくなった……」

ニコは自分の手を握ったり開いたりして驚いている。

「よかった」

私はくらくらしてうつぶせに倒れた。そのまま横を向いて体を丸める。

大丈夫。少しずつニコの魔力を外に出して散らす。しかし自分のものでない魔力はなかなかいうことを聞かない。

ここで結界が張れれば、魔力を結界に変換することができるが、それを絶対にやるわけにはいかないのはわかっている。

部屋にナタリーの悲鳴が響く。メイドたるもの、いつも冷静にと言いたいが、言葉を出すのが億劫だ。

「リーリア様！」

「なたりー、にゃい……」

「にゃいではありません！」

「ぐう……ましぇき、ましぇきがありぇば……」

そこにドアがバーンと開いた。ノックもない。

私は思わずくすっと笑った。お父様だ。

「リア！　いったいどうした！」

お父様はすぐに私を抱え起こした。起こされると余計気持ち悪いが、そこは我慢した。

「にこ、まりょく、おおい。しゅって、みた」

「ばかな！　確かにいつものリアの魔力だけではないな！　王家め！　いつも厄介ごとを」

「お、おとうしゃま、にゃい」

どうしてお父様は一言余計なのか。周りは王家の関係者ばかりなのに。

「ましぇき、ほちい」

「魔石？　なるほど、わかった。ライナス！」

お父様は魔石という言葉だけで、私のやりたいことをすぐにわかってくれた。

「は、はい！　リーリア様は」

一応ライナスも私のことを心配してくれていたようだ。

「いいから、空《から》の魔石をありったけ持ってこい！」

「は？」

「何度も言わせるな！」

「はい！」

怒鳴りつけたお父様の勢いに負けてライナスがまた走り出した。

「リア、リア、そうだ、お父様がリアの余分な魔力を吸い取れば」

「にゃい……おとうしゃま、ぐあいわりゅくなる……」

「リア！」

「だいじょぶ、だいじょぶ、しょとに、だちてる……」

少し楽になってきた。

「魔石を！　持ってきました」

「貸せ！　リア！」

「ましぇき、てに……」

お父様は私に魔石を握らせた。

「ああ、そんな危ないことを！」

オッズ先生とライナスの声が聞こえる。いつもより慎重に、ニコの魔力だけを動かし、移していく。

少しずつ、少しずつ。

「いったい何が起きている」

「ちちうえ！」

「殿下！」

誰か来たようだが、それどころではない。魔石がいっぱいになったが、まだニコの魔力は残っている。

「もうひとちゅ……」

「ああ、ほら」

もう少し、もう少しだ。ほら、終わった。

「ふう……」

私は目を開けた。

「え?」

知らない人が覗き込んでいた。黄色い瞳の。

「そなたがリアか。なるほど愛らしい」

「そんな戯言を言っている場合ではない!」

私を抱えていたお父様が怒鳴りつけた。おそらく本物の王子様のことを。

「リア、だいじょうぶか」

「あい。だいじょぶ」

ニコも心配そうにのぞきこんでいる。良かった、魔力は少し多いくらいに戻っている。それにしても、少しだけ魔力を減らすつもりだったのに、思ったより大量に入ってきて驚いた。よほど魔力量が多いのだろう。そして興味深げに覗き込んでいるこの人も、魔力量がけた違いに多い。

「いったい何があった。説明できるか」

水を持ってきてもらい、少し落ち着くとお父様が静かに言った。魔力が多いと判断したことを他の人に言ってもいいのだろうか。私はお父様に目で問いかけた。

「特に公言してはいないが、オールバンスの一族が魔力が見えていることは王家の者は知っている。知るべきではない者は部屋から遠ざけたので大丈夫だ」

そう言われて周りを見渡すと、ニコとたぶんニコのお父様、そしてライナス以外は部屋から出ていた。ナタリーもハンスもいない。

「らいなしゅは」

ライナスには知られてもいいのだろうか。

「話が漏れたらこの者のせいということになる。わかりやすくてよい」

「おとうしゃま……」

ライナスがびくびくしているではないか。私はお父様の膝に乗せてもらい、話し始めた。

「にこ、いちゅもより、まりょく、おおかった」

ニコはそれを聞いてきょとんとした。

「まりょく？　リアにはみえるのか」

「あい。おおいから、にこ、まりょく、うまくうごかにゃい。ぐあいわりゅくなる」

私はそのように分析したのだが、ニコは今一つわからないという顔をしている。

ニコのお父様は顎に手を当てて思わずというようにうなった。

「王家の直系は、幼い頃必ず不定期に具合が悪くなる。それが当たり前だから、今までそういうものだと思ってきたが、まさか魔力が多いせいなのか……」

お父様は、私の説明からすぐに自分なりに原因を推測したようだ。さすがである。

「オールバンスでは具合が悪くなると言ったようなことはありません。王家の持つ魔力は、四侯と比べてもけた違いに多い。そのせいで普通の魔力持ちでは気にならない程度の魔力の揺らぎが体調に出てしまうのではないですか」

お父様のその説明に、ニコのお父様は頷いた。

「なるほどそれなら納得できる。しかし、それではリアは何をしたのだ」

「殿下、私は娘をリアと呼んでいいと許可した覚えはありませんが」

「息子がリアリアといつも言うので自然とそう覚えたのだ。いいではないか。心が狭いな、オールバンスは」

今はそういう話ではないと思う。お父様をぐっと詰まらせると、ニコのお父様は私に直接尋ねた。

「それで、リアはなぜ倒れたのだ」

幼児が自分の倒れた理由を説明できるわけないではないか。私はちょっとあきれた。

まあ、私は説明できるのだが。

「おおいまりょく、しょとにだしゅ。ましぇきがよかった。でも、にこ、できにゃい」

「幼児は普通はできないな。してはいけない、とも言えるのだが」

ちょっと皮肉が来た。まあいいだろう。それでニコが楽になったのだから。

「ましぇきのかわり、りあに、まりょく、うちゅした」

「なぜそんな危険なことを……」

「にこ、ちゅらい。らくに、なりゅ」

それだけのことだ。ただ、やっぱりちょっと無茶だっただけで。

「にこのまりょく、ましぇきに、うちゅした。もうだいじょぶ」

「この子は……いったい」

呆気にとられるニコのお父様に、お父様がため息をついた。

「辺境で生き延びるためです。そのために魔力を扱う力を身につけたらしい」

「なんと痛ましい……」

正確にはさらわれる前から身につけていたはずですが、お父様。話を盛っていないですか。

それでも、今日は私がいたからよかったけれども、いつもいられるわけではない。私はニコのお父様に提案した。

「にこ、まりょく、れんしゅう、しゅる」

「しかしなあ」

「ましぇきに、まりょく、うちゅしたら、らくになりゅ」

「ううむ」

悩んでいる場合ではないと思う。私はここで、ちょっと年上の人を巻き込むことにした。

「にーに、じょうずよ」

「ルークか」

お父様がちょっと驚いている。

「確かに、子ども同士の方がいいかもしれぬ。私は苦手だしなあ」

ためらっていたのはそれが理由か。もしかして、ニコのお父様も訓練したほうがいいんじゃないの？

「確かに、ルークもいればリアの様子を見てもらえるし、ルークも喜ぶ……」

お父様は自分の欲望に忠実なのである。

こうして、ニコの癇癪の原因が判明した。そしてお父様の思惑もあり、兄さまが魔力コントロールの先生として週に一回派遣されることになったのだった。

「リアいがいのあそびあいてなどいらぬ！」

ニコはその日無事に体調を戻したが、私の方が心配するお父様に連れ戻されてしまったので、結局その日はニコとは遊べなかった。ニコが少しへそを曲げていたのはその次の日のことだ。

「殿下。遊び相手ではありませぬ。まだ学院生といえど、先生にあたるのですよ」

ライナスがニコに余計なことを言っている。

「せんせいなどましていらぬ！　オッズせんせいだけでもめんどうなのに」

ああ、ここにも余計な一言を言う人がいる！　しかし三歳では仕方がない。それにオッズ先生もライナスも確かにちょっと面倒くさい人ではある。

私はニコを何とか説得しようとした。兄さまが来たら私が楽しいからという理由だけではないからね。

ここは先生ではなく、兄さまという観点で説得してみようと思う。

「にこ、にいしゃま、よいものよ」

「にいさまもいらぬ！」

「でも、えほんよんでくれりゅ」

「えほんなどじぶんでよめる！」

なるほど。それでは兄さまがいてよいこととは何か。私は腕を組んで考えた。

「組めてねえ」

「はんす、しじゅかに」

考えがまとまらないではないか。そうだ。

「にいしゃま、だっこちてくれりゅ」

「む、だっこか」

それは自分一人ではできないものだ。これには心が動いたようだ。あとは何かないか。

「あと、あしょんでくれる」

「やっぱりあそびあいてではないか」

「あち、はやいでしゅ」

そう言ったら、ニコが私を気の毒そうに見た。

「……リアははしれないものな」

「はあ？　りあははちれましゅ！　いちゅもはちってましゅ！」

「わ、わかった。リアははしれる。な?」

ちょっと慌てたようなニコに、私はふんと鼻息を荒くした。当然、走っている。よちよちなどとうに卒業したのだ。

「あと、にいしゃまおひるねちない」

「リアがねすぎなのだ」

「ねるこはそだちましゅ!」

ニコの目がリアは寝ているのに小さいではないかと言っていてちょっとイライラする。いや、三歳児のレベルに合わせていてはいけない。冷静に。兄さまのよいところをアピールするのだ。

「けんも、つよいでしゅ」

「けん、か」

ニコがそれならまあいいかというように腕を組んだ。なるほど三歳になると腕も組めるらしい。私はこっそり腕を組みなおしてみた。惜しい。

「ブッフォ」

これもハンスに違いない。

「いいですか殿下、リーリア様。ルーク様は、魔力の扱いを教えに来てくれるのです。遊びにではありません」

そんなことはわかっている。わかっているが、その合間を縫って兄さまとどう息抜きをするかという話をしているのではないか。ニコは私と目を合わせると、あきれたようにため息をついた。

「ライナス、ないな」

「にゃい」

ライナスは一瞬呆気にとられると、言われたことを繰り返した。

「殿下、リーリア様、ない、とは？　え？　にゃい？」

「にこ」

「ああ、いこう」

私たちはライナスを置いて二階に走っていった。ニコがちょっと先なのは足が少し長いからである。

私が走っていないからではない。それにしても、どうも大人は物分かりが悪くて困る。

「ええ？　何がないのです？　ルーク様のことですか？　え？」

まだ言っている。さ、今日も勉強の時間である。なるべく早く終わらせて、外で遊ぶのだ。


兄さまは朝から来るのかと思っていたら、お昼を食べて午後からだそうだ。しかも週一回なので、しばらくは来ないと夕ご飯の時教えてもらった。

「しょんなばかな」

「リア？」

お昼からなんて、魔力の訓練をしたら、私は寝てしまうではないか。そんなのつまらない。それを伝えたら、

「リア、フォークを振り回してはいけません。そうですね」

と兄さまは私に注意しつつも嬉しそうだ。

「どっちにしろ、殿下もリアも午前中はお勉強なのでしょう。私がいたら集中できませんよ」

「むー」

「お口を尖らせてもダメです。兄さまも午前中は勉強をしているのですよ」

それもそうだ。

しかし、待ちかねていた兄さまの来る日がやっとやってきた。

お昼を食べ終わって、ニコと外に出ていると、竜車がゆっくりと城の庭をやってくるのが見えた。

「あれは、リスバーンのりゅうしゃではないか」

「にこ、わかりゅ？」

「ああ。りゅうしゃにはもようがついているからな」

「しゅごい」

私は感心してニコを眺めた。

「リアもいずれまなぶであろう」

「うーん、どうだろ」

別に特に必要性を感じないのだが。

「では午前の勉強にそれも組み込みましょうか」

「いらにゃい」

ライナスは一言多いのである。やがて竜車はゆっくりと止まった。兄さまが来る。私もニコもわくわくして待った。

「よう、リア」

「ぎる？」

しかし降りてきたのはギルだった。そういえばリスバーンの竜車だとニコが言っていたではないか。

「にいしゃまは？」

「リア、久しぶりなのにつれないなあ。ギル兄さまって呼んでいいんだぞ」

「よばにゃい」

ちょっとうっとうしい。しかし、そう言う暇もなく、すぐに兄さまが竜車から降りてきた。

「にいしゃま！」

「リア」

兄さまは嬉しそうに私に声をかけると、表情を引き締めてすぐに隣のニコの方を向いた。そしてニコと目を合わせるように片膝をつく。ちょっとふざけていたギルもそれに合わせた。

「ニコラス殿下。ルーク・オールバンスにございます」

「同じく、ギルバート・リスバーンにございます」

「うむ。だいいちおうじランバートがちょうし、ニコラス・マンフレッド・キングダムである」

さすが兄さまである。無事挨拶が済んだ。

「よんこうとおうけはたいとうである。ひざをつくひつようはないと、ちちうえがいっていた」

ニコもなかなか格好がいい。

「そうですね。殿下と目を合わせたかっただけなので」

兄さまの目が優しく細められる。とりあえず第一印象はいいようだ。

「では、ほら」

ニコが兄さまに両手を伸ばした。

「は？　ええ？」

兄さまは戸惑っているが、私はニコの後ろに並んだ。いつもならまず私をというところだが、初めてのニコに譲ってあげるのだ。

「え、なんでリアは殿下の後ろに並んでるのですか？　これはいったい」

「にいさまはよいものだとリアにきいた。だっこしてくれるというではないか」

「え、はい」

兄さまは訳がわからないながら、兄さま、リア、抱っこと言う単語からおそらく抱っこを求められていると判断したのだろう。ニコをよっと抱き上げると、ちょっとびっくりしたように言った。

「殿下、やはりリアより大きいですね」

「そうであろう。リアはすこしちいさすぎはしないか」

ニコは心配そうに兄さまにそう言っている。失礼な。そこで笑っているギルも失礼だと思う。

「リアは殿下より年下ですから。私がギルより小さいのと同じことですよ」

「む。たしかにリスバーンはおおきいな」

「ギルでいいですよ、殿下。ほら、俺にもおいで」

ギルは兄さまからニコを抱きとった。

「ほう、ちちうえほどではないが、おおきいな、ギル」

「まあ、普通じゃないですかね。ほうら」

「ははは！　たかいな！　はは」

高く掲げてもらってニコは楽しそうだ。そのすきに私は兄さまに抱っこしてもらう。

「にいしゃま」

「なんだい、リア」

呼んでみただけで、別に何でもないのである。二人でふふっと笑いあった。そこにパンパンと手を鳴らす音がした。

「さあ、遊びに来たのではありませんよ、ルーク様、ギルバート様。殿下のお勉強の時間です」

そういえばそうだった。魔力の勉強はまじめにやらないと。まずは城の中に入ろう。

挨拶が済んだのでみんなでぞろぞろと二階の図書室に向かった。

「本当は外でやる方が気持ちがいいのですが、寒いですからね」

「あーい」

「はーい」

「くっ」

手を上げる私とそれを真似するニコを見て、兄さまが片手で顔を覆っている。

幼児の最強タッグである。

午前中の勉強環境がそのまま残してあるので、私とニコの小さいテーブルと椅子、それから黒板がおいてあり、私とニコはさっさと椅子に座り、わくわくしながら兄さまの授業を待った。

「あの、リア、殿下」

「どうしたのだ」

「どうちたの」

「リアはわかっているはずですが、魔力の訓練に机と椅子は使いませんよ」

そうでした。ニコと一緒に椅子を降りると、兄さまに手招きされて床のじゅうたんに座り込んだ。

「本来は、魔力循環といって、自分の体内の魔力を自覚し、それを体の中で自在に操る訓練から始めるのですが」

確かに、兄さまとお父様はお家でよくその訓練をしていた。

「しかし、正直なところあの訓練は単調なのですよ。最初にそれでは面白くありませんからね」

その時、図書室のドアがそっと開いて、ニコのお父様が入って来た。ニコは真剣に兄さまの話を聞いているし、兄さまは背中側なので気がつかないようだ。口に指を当てて静かにしててねと合図されたので、黙っていることにする。

「まずはリア、殿下に魔力を自覚させましょう」

「あい！」

私はニコと向かい合って、ニコの手を取った。アリスターにしたように、魔力を送ってみるのだ。びっくりするし、送りすぎるとたぶん気持ち悪いから、ほんの少し、押すような感じで。

「にこ、りあのまりょく、おくりましゅ」

「よくわからぬのだが」

首を傾げるニコに、ほんの少し魔力を押し込んでみる。

「うわっ」

ニコがびっくりして手を放した。私は思わずキャッキャと笑った。

「なにかに、おされた？」

「しょれ。まりょく」

「からだがゆらゆらするようなきがする」

「まりょく、ゆれてりゅ」

ニコは不思議そうだ。

「殿下、おそらく、その揺れているものがたくさんありすぎると、具合が悪くなるのですよ」

「ゆらゆらが、たくさん……なるほど」

ニコは何かにはっと気づいたような顔をした。

「そのゆらゆらを外に出しましょうという練習です」

兄さまはちょっといたずらな顔で続けた。

「本当は学院生でも危ないからゆっくりやる訓練なのですが、殿下にもちょっと無理でしょうか」

「できる！」

ニコがふん、と気合を入れた。

「ではこの魔石を」

兄さまはカバンから、ちょうど明かり用くらいの小さな魔石を取り出した。

「これは、リアが一歳になる頃にいっぱいにした明かり用の魔石です」

「リアがか」

ニコも驚いているが、兄さまの後ろでニコのお父様も眉を上げている。偶然の事故ですよ、事故。

「たまたま、てにのしぇただけだもん」

「ふふ、あの時は皆心配したのですよ」

「あい。ごめなしゃい」

私のことは今はいいのである。

「当時のリアより、今の殿下の方がずっと魔力量が大きいです。だから、これ一つに魔力を入れても具合が悪くなったりはしないでしょう。やってみますか」

「やる！」

ニコは力強く頷いた。

「とりあえず、手に持ってみましょうか」

「うむ」

ニコはだいぶ色の薄くなった魔石を右の手のひらに乗せ、首を傾げている。

「なにもおこらぬ」

自分で魔力を動かす感覚はまだわからないのだろう。

「りあ、ひだりから、まりょく、ゆらしてみましゅ」

「うむ。そうしてくれ」

右手に魔石を乗せているニコの、左手を握り、そっと魔力を押してみる。

「おう、ゆらゆらするぞ」

「ゆらゆらを、おおきくしゅる」

手をつないだまま一緒に体ごと左右に揺れてみる。

「ははは、ゆれるゆれる！」

体ごと魔力も揺れる。笑っているニコの体の揺れと魔力の揺れが少しずれた。

「あ」

ずれてはみ出した魔力が魔石に吸われていく。魔石は見る間に赤く、そして紫に変わっていった。

そろそろ反発が来るだろうか。

「お」

「おしかえしゃれた？」

「もういらぬ、といいしにいわれているようだった」

「しょれ！」

無事に魔力は吸われたようだ。見ていた人は皆緊張していたようで、その瞬間ほっとした空気が流れた。

「このように週に一回ほど、余分な魔力を吸い取るようにしましょう。その間に具合が悪くなるようなら、殿下のお父様かリアに見てもらって、また魔石に魔力を吸わせましょうね」

一歳児が見守るので大丈夫なのだろうか。誰も何も言わないが。

「わかった！」

ニコが元気に返事をした。

「それはそれとして、魔力を循環する訓練も少しやりましょうか」

「うむ」

ニコはやる気に満ちていた。

「なんだ、それでおしまいか？」

「ちちうえ！」

「これは……殿下」

ニコはニコのお父様を見つけて、兄さまははっと振り向いて王子だと気づき、それぞれ声を上げた。楽しそうに見ていたギルも居住まいを正す。

「ニコばかり知らぬ体験をして、ずるいではないか」

何を言い出すかと思ったら、これだ。部屋には若干気まずいような困ったような空気が流れた。私はこんな感じの人を一人知っているので、次に王子が何と言うか見当がついた。おそらく、兄さまも同じだろう。

「私もやってみたい」

ほらね。

「ですが、殿下はそもそも結界の魔石に魔力を注ぐのが仕事ですよね。今更小さい魔石に魔力を注いでどうするのです」

何を言われるかわかっていたからか、兄さまが冷静に指摘する。

「魔石に魔力を注ぎたいと言っているのではない。誰かに魔力を注がれるなど、そんな面白いことはしたことがないと言っているのだ」

兄さまはちらりと私を見た。そうだ、兄さまだっておそらくそんな経験はないのではないか。つまりこの場でやったことがあるのは私だけ、いや、私とニコだけということになる。

「私だってありません。虚族と直接出会い、体の魔力を外側から揺らされる感覚を経験したことがあるだけです。それを、ニコラス殿下にわかるように置き換えてお教えしたにすぎません」

兄さまは少し冷たい感じでそう言った。

「ではやってみようではないか」

「遠慮いたします」

王子様相手にきっぱり断っている兄さまを見て、私の方がどきどきした。これはきっと日本人だった頃の私の、長い物には巻かれろ的な気持ちが働いているに違いない。王子様は全くひるまず私の方を向いた。

「ルークが駄目なら、リア、私にやってみてはくれないか」

「駄目です」

私が答える前に兄さまが断った。

「その物言い、まったくディーンと同じだな」

「光栄です」

兄さまがにべもない。正直なところ、少しかっこいい。

「要はアレだろう。リアが誰かに触れるのが嫌なのであろう」

「私は！」

兄さまは苛立ったように大きい声を上げた。これは珍しい。

「リアと同じように幼い殿下の体のためだから許しましたが、そうでないならまだ一歳のリアに、魔力を扱うような無理をさせたくないだけです」

「む」

これは兄さまの方が正しい。私は思わず王子に流されかけ、やろうとしていた自分を立て直した。

危うくあっさり魔力を流そうとするところだった。

「ではルーク、やはりお前がやれ」

「それは」

「できないのか」

「……できると思いますが」

できないと言えばいいのに！

「触るのが嫌なら、虚族と同じように、私の魔力を外から揺らしてみるがいい」

兄さまは虚を突かれたような顔をして黙り込んだ。

そう言われればそうだ。

今、誰かの魔力を揺らすか揺らさないかということではない。なぜ虚族は私たちの体に響くのか。

私たち魔力持ちがお互いに側にいても別に響き合わないのに。

いや。

響きあった時があった。

私がハッと顔を上げると、同じくハッと何かに気づいた兄さまと目が合った。

結界だ。

トントン、と。緊張した空気を破るようにノックの音がした。そうしてそっとドアが開いて顔を出したのは。

「おとうしゃま！」

「リア！　ルーク！」

そこには、走り寄る私を、しゃがみこんで両手を広げて待っているお父様がいた。

「魔力訓練だというから心配で見に来てみた。大丈夫だったか」

「あい！　にこ、じょうじゅにできまちた」

「そうかそうか」

私が無事ならニコはどうでもいいという思いが透けて見える適当な返事だった。まったくもう。

「それでルーク、何か困ったことはないか」

「それが」

兄さまは困ったようにニコのお父様を見てうつむいた。

困ったことはある。ニコのお父様だ。

「おや、殿下。気がつきもせず失礼しました」

本気で気がついていなかったらしいお父様に思わず笑ってしまうところだった。危ない危ない。

「あのね、あのね、にこのおとうしゃまがね」

「ほう、殿下が」

私はこの際だからお父様に言いつけてしまおうと思った。

「にいしゃまにね、まりょく、ながちてほちいって」

「ほう」

部屋の温度が急速に下がったような気がする。お父様は私を一度ぎゅっとするとゆっくりと下に降ろし、ニコのお父様に向き合った。ニコのお父様の顔が若干ひきつっているような気がする。

「魔力を人とやり取りするというのを、殿下は今まで聞いたことがありますかな」

「い、いや。だから一度経験してみたいなと」

ニコのお父様が余計なことを言った。こないだも思ったが、ニコのお父様は少し、そう少しばかり、考えが足りないのではないか。私はニコのお父様を改めて見てみた。ふむ。二〇代半ばではまだ若すぎるか。

お父様は両手を開いて肩をすくめた。

「魔力のやり取りは何が起きるかまだ十分にわかっていないので、そうと知らずにうっかりやってしまったリアしかできないのですよ、殿下」

「あ、ああ、そうであったか。し、しかしルークはできると言っていたぞ」

正確にはできると思いますと言っただけだ。しかし、ニコのお父様はさらにまずいことを言ってしまったと思う。

「それは、理論だけならもちろん、ルークだけではなく私にもできますとも。ただ、理性のある大人は、できるとわかっていてもあえてやらないものなのですよ」

もっともである。しかし、私はお父様を感心して眺めてしまった。よく考えると、私はお父様について、最初の無関心だったところと、私に甘くて優しくてデレデレしているところしか見たことがない。大人としてこんなに正論を語っている、仕事ができる人みたいなお父様は初めてだ。

「おとうしゃま、かこいい……」

思わず素直な気持ちが漏れ出てしまった。

「リア！」

即座に私はお父様に抱き上げられ、頬ずりをされた。

「おとうしゃま、おちごとできるひと、みたい！」

「その通りだ！　お父様はな、仕事もできる人なのだぞ？」

「かこいい！」

「ハハハ」

キャッキャと騒いでいる私たちに、静かに声がかけられた。

「お父様。リア」

兄さまだ。私たちははっとして動きを止めた。

「あ、ああ。すまん」

「あい……」

はしゃぎすぎて兄さまに怒られてしまった。

「もういいです。ニコラス殿下に魔力の扱いを教える役割は、今日は十分果たしたと思うので、後は大人同士でやってください。さあ、リア、ニコラス殿下」

私とニコはおとなしく兄さまとギルのもとに集まった。

「さあ、後は何をしましょうか」

「そとであそぶ!」

「あしょぶ!」

怒られるのではなく、とてもいい話だった。

「では、お外に行きましょうね。上着を持っていらっしゃい」

「ああ!」

「あーい」

これからお外で遊ぶのだ。

しかし三〇分もしないうちに、かくれんぼをしたまま寝てしまった私は急いで図書室のお昼寝用ベッドに連れてこられていたらしい。無念。次は室内で遊んでみよう。

リアとニコ殿下《ルーク》

「リアはねすぎなのではないか」

「殿下。私もよくはわからないですが、これが普通なんだと思いますよ」

「そうか」

小さいベッドですやすやと眠るリアを見ながら殿下はそう返した。

「いつもこうしてリアが寝ている間、殿下は何をなさっているのですか」

「うむ。まず、もしかしてリアがおきるかもしれないとおもって、しばらくこうしてリアをながめている」

「そ、それはうらやましい」

「なぜだ?」

殿下は不思議そうに私を見上げた。

「私は普段は学院の寮にいますからね。お休みの日になるまでリアには会えないのですよ。毎日リアと会えている殿下がうらやましいのです」

「しかしな、おひるになるまではべんきょうで、おひるはべつべつで、おひるのあとはすこしあそぶとこうやってねてしまう。おきたらオールバンスがつれかえってしまうし」

「少なくとも、勉強中は楽しいのではないですか」

「うむ。リアはオッズせんせいをうまくいいくるめて、べんきょうをへらしたり、あそびにかえてくれたりするのだ」

リアならやりかねないと思うと、思わず笑みが浮かぶ。あの愛らしさで先生を煙に巻いているに違いない。

「しかし、いつまでみていてもリアがおきることはない」

まあ、それはそうだろう。リアはいつもぐっすり眠る。愛らしく寝息を立てるリアを見ながら、不満そうなニコラス殿下を見ておかしくなった。

「さて、ではここで俺の出番だな」

今まであまり存在感のなかったギルが張り切り出した。

「リアはいい子だが、殿下より小さくて体力がない。本当に遊び相手にしかならないからな。せっかく学院をさぼれる機会だし、殿下は俺と体力づくりをしよう」

「たいりょくづくり？」

「ああ、剣を振れる体を作れるよう、体を使って動き回ろうということだ」

「する！」

目をキラキラさせた殿下は、もうリアを見てはいない。体力馬鹿のギルと遊ぶのは、よい鍛錬になることだろう。

「ではまず、木登りからだな」

「のぼってもいいのか！」

どうやら危ないからと禁止されているようだ。

「俺が見ているから大丈夫だ」

そう、ギルが見ているから大丈夫だろう。私はリアに向き直った。こうしてリアが昼寝をしているのを眺めるのは、お休みの日にしかできないと思っていた。くるんとしている髪をそっと押さえてみる。手を離すとくるんと戻る。

「おい」

かわいい妹。

「おい」

「なんですか、ギル」

私はうるさそうに振り返った。

「お前も行くんだよ」

「私はいいです」

「来てから帰るまでが俺たちのお仕事。リアを見るのはついでの役得。それにお前、リアが戻ってきてから安心してしまって剣の訓練に手を抜いているだろう」

同学年では私に勝てる者などいないのに。学年が違うからばれていないと思っていた。

「いざという時、俺たちが相手をするのは大人だ。そんなんじゃ、リアを守れないぞ」

「いざという時なんて」

「もう二度とないとは言えないだろう」

厳しいギルの声に、しぶしぶと立ち上がる。

「ナタリー、リアが起きた時さみしくないように」

「わかっております。ルーク様をすぐにお呼びします」

「ハンス」

「ちゃんと見てますって」

ルークは来ないのかと期待するように見るニコラス殿下にやれやれと眉を上げて見せると、私はリアの寝顔をもう一度だけ見て、ギルと殿下と外に出た。

「なんどみても、なんならゆすってもリアはおきないぞ」

「揺すったのですか」

「ちょっとだけだ」

私はあきれて殿下を見た。そんなこともしていたのか。これはハンスは減給かもしれないな。

そうして久しぶりに体を思い切り動かし、思ったより楽しい午後を過ごしたのだった。

◆

私がお昼寝から起きた頃には、もうお父様が迎えに来ていて、帰る時間だった。

「やっぱり、しゅこちちかあしょべなかった！」

ぷりぷり怒る私を、ニコがかわいそうなものを見るような目で見る。

「リア、はやくおおきくなれ。おひるねをしなければ、あそべるのに。きのぼりはたのしいぞ」

なんだって！　木登りをしたの？　私は信じられないものを見たかのようにニコと兄さまたちを代わる代わる見た。兄さまたちは気まずそうに目をそらしている。

「きのぼり！　にこだけ！」

「どうせリアはのぼれないではないか」

「のぼれましゅ！　しゅるしゅるのぼれましゅ」

登れるに決まっているではないか。ラグ竜の頭にだって登れるのに。

「もう、かえりましゅ！」

明日はお休みの日だから、お家で兄さまと木登りをするのだ。まだぷりぷりしている私に、ニコが声をかけてきた。

「リア」

もう。さみしそうな声で呼ばないでほしい。

「またあちた。あ、らいしゅうね」

「ああ！　またらいしゅうな」

いつの間にかお父様の腕の中にいた私は、笑ってニコに手を振った。喧嘩したままお別れをしてはいけないのだ。最後に覚えている顔が怒った顔でも泣いた顔でもさみしいではないか。

「きーのぼり、きーのぼり」

ふんふんとリズムを取る私を、お父様と兄さまとナタリーが楽しそうに見ている。ギルは自分の竜車でちょっとつまらなそうにしながら帰っていった。

「そんなに楽しみにしていても、一週間は私もギルも来ないのですよ」

「にいしゃま、あちた！」

「明日？　明日はお家ですが、ああ」

「おうちで、きのぼり！」

今までしようとも思わなかったから、木の枝ぶりなんて見なかったけれど、あれだけ広いおうちだから、きっと登れる木があるだろう。

「でもリアには危ないのでは」

「ルーク」

お父様は兄さまに首を振った。

「見えないところでラグ竜の頭によじ登られるよりは、私たちの前で木登りをされたほうがましだ」

「ええ？　リア、そんなことをしていたのですか？」

「ええと」

私は竜車の外を眺めた。兄さまが学院に行っているときの話である。

兄さまはあきれたというようにため息をつくと、

「木登りの練習は、必ず誰かが見ているところでしましょうね」

と諭した。それは大丈夫。

「あい！」

我ながらいいお返事だ。もっとも、ハンスが見ていてもラグ竜に登るのを阻止できなかったことは内緒である。

そうして楽しく帰ってきた私たちは、やっぱり楽しい夕ご飯の後、お父様の寝室に集まっていた。

「ランバート殿下の無茶ぶりは何とかごまかして断ったが」

「はい。ついできると思うと言ってしまって、うかつでした」

お父様と兄さまが反省している。

「しかし、虚族がなぜ我々に響くのかという殿下の問いかけは衝撃でした」

「あいつはそんなことを言ったのか」

お父様、すでに殿下でなくあいつになってしまっている。

「私たちが、その虚族からの響きを体感して、魔力を外に出すという発想に結び付けたまではよかったと思います。そのおかげで魔力を扱う力が格段に伸びましたから。それに私たちだけでなく、辺境のハンターはそもそも体で理解していたことのようですし、リアも辺境にいる間に身につけていましたしね」

「しかし、自らが魔力を人に響かせるというところまでは思いつかなかった。そもそもなぜそんなことをする必要がある」

「その通りだと私も思います。しかしお父様」

「なんだ」

兄さまはお父様をしっかりと見つめた。

「私とリアは、すぐに気づきました。私たちは、響かせたことがあるではありませんか」

「……結界、か」

「はい」

私も神妙に頷いた。

「それでは、虚族は結界を外に展開しているということなのか」

「しかしそれなら、虚族は何に対して結界を、あるいは魔力を展開しているのですか」

「うーむ」

難しい問題だ。

「きょぞく、ましぇき、なりゅ」

「そうですね」

「わたちたち、ましぇき、なりゅ？」

「なりませんよ、そんなばかな」

兄さまは私の質問に答えると、

「魔力のある人でも魔石には変わることはないが、虚族はどんな弱いものでも魔石に変わる。それはなぜか、ということですね」

とつぶやいた。

お父様がそれを受けて考えを巡らせている。

「肉体がない、というのも一つだろうが、おそらく虚族の魔力量が桁外れなのでないか」

「だから、自然に魔力が外に広がり、それが私たちの体の中の魔力に響く、ということですか」

「しょれなら、たくしゃん、まりょく、だちてみたら？」

お父様と兄さまが私を見た。

「けっかいに、かえにゃい、まりょくを」

「つまり、純粋な魔力そのものを、勢いよく外に放出する、と」

「あい」

そうすれば多少は他人の魔力に干渉できるのではないか。

私たちは黙り込んだ。その間、それぞれがいろいろなことを考えていたはずだ。しかし、私たちがまた目を合わせた時、お父様の口から出たのは、

「やってみるか」

という言葉だった。ここにライナスがいたら、もしかしたら「これだからオールバンスは」と言って止めたかもしれない。しかし、私たちは一人一人がオールバンスだった。

「試してみないことにはわかりませんからね」

「あい」

やってみよう、ということになった。

「りあがけっかい、ちゅくった。りあが、やってみましゅ」

「ふむ。魔力を出してみるのはリアか、ルークかと思っていた。では、魔力を受けるのはお父様がやろう」

「お父様」

「受け手が一番危険だろう。大人がやるべきだ」

兄さまは自分がやりたそうだったが、お父様にそう止められた。

私はベッドの上でお父様と向かい合い、なるべく近くに座る。

「けっかいに、かえない。まりょく、しょのまま」

私の周りに丸く展開するのではなく、お父様に向けて、ぱん、と。

「いきましゅ」

「うむ」

魔力を、自分の前面から、ぱん、と。

「か、はっ」

お父様が、ゆっくりと後ろに倒れていく。

「お父様！」

「おとうしゃま！」

二人で仰向けに倒れたお父様に縋り付いた。

「だ、だいじょうぶだ」

お父様が何とか絞り出したという声でそう答えた。縋り付いた私たちを優しく抱き込む。

「おとうしゃま……ごめなしゃい……」

よかった。本当によかった。私は半泣きである。

「リア、ルーク、これはまずいぞ。私たちは、とんでもないことに気がついてしまったな」

「いったいどうなったというのですか！　魔力は見えましたが、どうなったのですか！　突然倒れてしまうし！」

何とか喋っているお父様に兄さまが怒鳴った。

「ちょっと待ってくれ。少し落ち着かせてくれ、ああ、泣くな、二人とも。父様は大丈夫だから」

兄さまが怒鳴るものだから半泣きの私は泣いてしまったし、兄さまもショックで泣いてしまったようだった。私たちが泣き疲れて静かになるまでに、お父様も何とか調子を取り戻してくれた。

「で、結論としてはだな」

やっとちゃんと起き上がってお父様は喋り始めた。私と兄さまはお父様にぴったりと張り付いている。

「まあ、その前に、外側から魔力がどうなったか聞いてみたかったが」

「私は見ました」

兄さまが小さい声で言った。何を？

「いつもはお父様にぴったりと重なっていた魔力が、リアの魔力に押されて後ろに飛び出したように見えました」

「やはりそうか」

お父様は、そうかというように頷いた。私は自分の魔力を意識するので精一杯で、お父様が驚いたような顔をして倒れていく姿しか記憶に残っていない。

「ふえ、えっ」

思い出したらまた泣きそうになった。

「リア、大丈夫、本当に大丈夫だから」

「あ、あい」

私はお父様の膝に顔を押し付けた。お父様の手が私の頭をなでる。

「リアにはつらい思いをさせたな。そう、まるで平手で体を叩かれたような感じで、まず魔力が後ろにはじかれ、それにつられるように体が後ろへと倒れていった」

お父様は静かにそう分析した。

「痛くはなかった。しかし衝撃はあった。魔力を持っているものは、魔力への干渉に体も何らかの形で影響されるということがこれでわかったな」

そう言って私と兄さまをぽんぽんとした。

そうしてこう言った。

「さて、リア、それではもう一度やってみようか」

私はガバリと顔を起こした。

「いやでしゅ！　おとうしゃま、またたおれりゅ！」

「そうです！　お父様だけでなく、リアにもつらいことなのですよ！」

兄さまも必死で止めた。

「いいや、リア。さっきリアは、魔力が届かないかもと不安に思い、私に魔力を強く叩きつけただろう」

「あい」

結界を作るより強く魔力を出したと思う。

「では、今度は前にではなく、結界を作るように、静かに小さく周りに魔力を出してごらん」

「それなら私が！」

「ルーク。もちろんルークも後でやろう。しかし今はリアだ。リア」

お父様は真剣に私の目を見た。

「今やらなければ、リアはこれから魔力を使うのが怖くなってしまうよ。ラグ竜の頭にもよじ登れたリアだ。できるな」

落馬した者は、すぐに馬に乗れ。そういうことだ。この世界では馬ではなく、竜だとしても。

自分に魔力があったことで、私は辺境でも生き延びることができた。これから魔力が役に立つ機会はなくても、あるものを捨て去るべきではない。怖くても逃げてはいけないのだ。

私は顔を上げた。

「あい、やりましゅ」

「リア！」

心配で声を上げる兄さまに申し訳なく思いながらも、私はお父様から少し離れ、さっきのようにお父様と向き合った。それを見て、兄さまがあきらめたように私の後ろに回り、そっと寄り掛からせてくれた。

「魔力をぶつけるのではなく、私のこともまとめて、魔力で包みこむと考えましょう」

「あい」

優しく、柔らかく、小さく。兄さまを包み込むようにふわっと魔力を出していく。

「なるほど、これは」

「ああ、優しく響くな、リア。もういいぞ」

私は怖くてつぶっていた目を開けた。

「いたい、ちなかった？」

お父様は優しい目をして頷いた。兄さまは頭をなでてくれている。

「大丈夫だ。リアはどうだった？」

「まりょく、あたって、ゆらゆらちた」

「父様も同じだ。私たちの魔力が近しいせいかもしれないが、魔力は互いに干渉しあうということが分かっただけでも、収穫だったな」

満足そうに頷いた。

「では次は私だ」

「ええ」

そうなると思ったよ、まったく。

お父様は、優しくしようと思っていたに違いないが、広がった魔力はやはり結構威力のあるものだった。私も兄さまも思わずのけぞったほどだ。

「ぱん、てちた」

「強い風が吹いたみたいでしたね！」

しかしこのくらいなら怖いこともない。兄さまの目もきらきらしている。

「おもちろーい」

「楽しいです！　では次は私が！」

やはり兄さまは魔力の扱いが上手だった。

「では指向性を持たせて、リアの腕だけとかどうでしょう」

「うひゃ！　くしゅぐったい！」

こんなふうに最初の衝撃はともかく、楽しい一日となったのだった。しかし、そろそろ私は寝る時間だ。思わずあくびをしている私を見て、お父様が慌てたように言った。

「おっと遊びすぎたな。リアはそろそろ寝る時間だ」

「あい」

無理して夜更かしするより、たくさん寝て明日も元気に遊ぶ方がいい。

「きのぼり」

「明日よさそうな木を探してみましょうね」

「あい……」

一気に眠くなった私を兄さまが部屋に運んでくれた。

「おやしゅみなしゃい」

「はい、おやすみなさい」

兄さまのとんとんを数える間もなく、すーっと寝てしまった私だった。

ルークが私に厳しいのだが《ディーン》

「また私たちは余計なことをしてしまったな」

「面白いなと思ったら、ついやってしまうのがよくないと思います」

ルークの言う通りなのだが、私だけの責任ではないと言いたい。

「我ら三人のうち、誰か一人がやめようと言えばよいのだが」

「誰も言わないんですよね」

何事にもたいして興味のない自分だと思っていた。ルークもどちらかと言うと自分からあれこれやりたいというほうではなかった。だからこそ、リアが来てからあれこれやってみたいと興味を持つ自分たちに驚いている。

「とにかく、リアを泣かせたのはまずかった」

「もう一度やらせる必要はあったのでしょうか」

ルークの言葉に静かに目をつぶる。

「つらいことの何もない、普通の幼児生活を送らせるなら、むしろこのまま魔力のことなど忘れさせてもよいのだ」

ルークという、優秀な跡取りがいる以上、リアには魔力がなくてもまったく構わないのだから。

「しかし、結果的には魔力があり、それを使いこなす意欲と好奇心があったからこそ、辺境で生き延びたのだ、リアは」

「そうですね」

ルークも頷いた。

「どんなことであれ萎縮してしまえば、屋敷に戻ってきたばかりのリアに戻ってしまうであろう。恐れ、好奇心を失ったリアはリアではない」

「どんなリアでもリアですよ。でも、いつものリアの方が本人だって楽しいに決まっています」

下ばかり向いて、お利口にしているリアなどリアではない。何よりオールバンスではない。

「しかしこれ以上、王家に面白がって利用されるのは困る。ランバート殿下には、私が直接魔力を流す経験をさせよう」

「お手柔らかにですよ。ランバート殿下はともかく、ニコラス殿下のおかげでリアは元気になったのですから」

あいつには少々きつくてもいいのではないかと思う。

しかし、それどころではなく、今は考えなければならない重要な行事が待っていた。

「そういえば、今年のルークの一二歳の誕生日と、リアの二歳の誕生日をまとめてやろうと思うのだが、どうだろうか」

リアの一歳のお披露目をしなかったことが、結果的に裏目に出たように思う。せめて二歳になる時にでも、オールバンスにかわいい娘ありと、貴族社会にお披露目をしておいた方がいいだろう。

「かまいませんよ。リアのかわいらしさと、オールバンスがいかにリアを大事にしているかを見せる必要があると思います」

ルークもわかっている。辺境でリアをさらおうとした者の正体は見当が付いた。しかし、それと王都での誘拐を結びつける証拠も理由もない。未だに犯人は分からないままだ。

しかも、見当がついたと言っても確信には至らず、そもそも動機がわからない。リアをさらう、または亡き者にしようとすることにどういう意味があるのか。

「またさらうという理由はないはずだが、そもそもなぜさらわれたのかもわかっておらぬ。しかし、王家と近しい子どもをさらったら、今回は国をあげての大騒ぎになる。隠すより、前に出す」

「本当はうちだけのリアでいてほしいのですが」

その通りだ。それでも王子の遊び相手を受けた時から、もう隠すという選択肢は消えた。オールバンスの一人として、認識させる。それが当座の目標となるのだ。

◆

週末に木登りの練習をし、ごく低い、ごつごつした木なら何とか登れるようになった。しかし、次の週になって城でやってみても、ニコにはかなわなかったし、ギルや兄さまにはもちろんかなわなかった。それでも一生懸命登って一番下の枝に立つと、ニコや兄さまを少し見下ろすことができ、ちょっとだけ遠くまで見渡すこともできた。

少し離れたところではハンスがニヤニヤしながら見ており、ナタリーが両手を握りあわせて心配そうだ。それでも一人腕を組んで遠くを見る。

私、かっこいい。

そろそろ腕も組めているはずだし。

ただ、そうするとすぐにニコも登ってくるし、兄さまがいるとすぐに枝から私を下ろそうとしていろいろ台無しではある。

寒風が吹く中を、走り回る以外の遊びができて、ニコも私もかなり満足なのだった。

第六章

リアのお披露目

時折兄さまとギルが来て魔力の訓練をして遊んでもらい、勉強をし、そんなリズムができあがった頃、季節は一二月になっていたらしい。いつものようにお父様と楽しく夕ご飯を食べていたら、お父様が、一月になったらお披露目をすると言い出した。

「おひろめ?」

「そうだ。この家に、こういう子どもが生まれたよと言う宣言だ。いろいろな人を招いて大掛かりにやることが多いのだよ」

「りあ、はじめてしゅる」

「そうだ。本当は一歳の時にするものなのだが、あの時リアにはちょっと事情があってな」

「じじょう?」

「そう、その、リアがちょうど魔石に魔力を注いでしまった時だ。その時は、力のあるお前を外に見せないほうがいいと思ったのだが、あれは判断ミスだった。オールバンスの子として大々的に周知すべきだったのだ」

そう語るお父様はなぜか苦しそうで、私までつらくなった。

思い返してみると、なぜお披露目をしないのか、という話は、ハンナと他のメイドがしていたように思う。その時は確か、私がかわいいから、あるいは疎まれているからと二つの噂があると言っていた。結局、その時からやっぱりお父様には大切にされていたのだ、私は。

「おひろめ、ちなくてもいい」

お父様に大事にされているならそれで十分だ。それに、面倒だし。

「そういう訳にもいかぬ。今回はリアをきちんと貴族社会に周知させる。ニコラス殿下も来てくれることになっているから、リアに手を出せば王家も黙っていないという示威になる。あー、つまり、リアをさらうと王家が出るぞという脅しになるということだ」

「あい」

お父様はまだ警戒しているようだが、私はもうさらわれたりしないと思うのだが。

「ルークの誕生日が一二月だから、ルークの誕生祝いも一緒にやってしまおうと思うのだ。私もルークも派手なことを好まぬので、毎年家族だけでやっていたのだが」

私は首をひねった。去年はやっていただろうか？

「去年のルークの誕生日には、リアはまだ大人と同じ物を食べられなくて、ケーキを端っこだけかじって寝てしまっただろう」

そうだ、まだ一歳になっていなかったから、野菜のつぶした物やスープばかりで、あまり記憶がないのだ。あれ、それでは今年は一二月にはお誕生会はしないのだろうか。

「にいしゃま、一二がちゅ、ちない？」

「する予定はないぞ。一月にするのだからな」

それはいけない！

「いちゅ、にいしゃまのおたんじょうび？」

「今度の週末だが」

急がないと！

その日、私は寝る前にナタリーと相談していた。

「にいしゃまのおたんじょうび、おいわいちたい」

「ルーク様ですか？　でも、一月のリーリア様のお披露目と一緒にするということで、準備は始まっていますよ」

「にいしゃまに、にゃにかちてあげたいの」

「リーリア様がですか。そうですねえ」

ナタリーは首をひねって私と一緒に考えてくれた。

「リーリア様は、絵がお上手ですから、ルーク様の絵などどうでしょう」

「おとうしゃまが、くやちい、しゅる」

「ああ、はい。たしかに」

お父様がなぜ最初に自分にはくれないのかとショックを受けるだろう。

「刺繍、はまだですし、庶民ですと手作りのお菓子などもありますが、リーリア様はまだ手が動きませんものねえ」

「にいしゃま、おかち、あんまりしゅきじゃない」

「それですよねえ」

実は兄さまはあまり甘い物を好まないのである。だからやせているのではないかと常々思っているのだが。いや、待てよ。甘い物でなくてもいいのではないか？

「かんたんな、おりょうり。にゃい？」

「リーリア様の手作りのお料理ですか。そうですね、まぜるとか、そのくらいなら……そうです！」

「にゃに？」

「マッシュポテトはどうですか？　リーリア様も、ルーク様もお好きなお芋のつぶしたやつですよ！」

「おいも！」

それは大好きだ。

「ゆでるのと、ソースは料理人がやるとして、リーリア様がつぶしたお芋だと言えば、ルーク様はきっとお喜びになります！」

「しょれ！」

おいもならつぶせる。

「そして、にいしゃまに、あーんて、しゅる」

いつもはされている方なので、たまには逆でもいいだろう。

「それはもう、大喜びにちがいありません。そうだ、リーリア様」

「にゃに？」

ナタリーは珍しく目をキラキラさせてある提案をしてくれた。

よし、それ、採用！

「これはメイドのみんなが大喜びですよ」

ナタリーはニコニコと笑った。

何よりの誕生祝い《ルーク》

「なんでしょう。今日はせっかくのお休みなのに、お昼寝から起きてずっと、リーリアがいないんです」

「なんだかメイドたちがリーリアを取り囲んで連れて行ったぞ」

お父様もいつもと違うとは思っているようだ。それにしても、もう食卓に着く時間だというのに、リーリアはまだ来ない。

「なんだ。庭師がこんな時間までうろうろしているぞ。それになんだか、部屋に控えている者が多くないか」

お父様が今気がついたというように周りを見ている。部屋の者は急に忙しくし始めた。確かに、いつもより人が多い。しかし、すぐにドアが開いて食事が運ばれてきた。

「待て、リアはどうした。いや、あ」

「本当に、リアはどこに行ってしまったのでしょう、え」

ホカホカと湯気の立つ、山盛りのマッシュポテトの皿を両手で抱えて、よちよちと歩いてくるのは。

「リア、その格好は……」

小さいメイド服に、白いエプロン、頭に白いブリムをつけて、ほっぺを真っ赤にさせている。

ああ、お皿が落ちてしまう！　私は思わず立ち上がりそうになった。

「だいじょうぶでしゅ」

「リア……」

リアは両手を一生懸命伸ばして、私の前にお皿を置いた。もちろん、後ろにはナタリーがついてリアがお皿を落とさないよう、転ばないように控えていたが。

「にいしゃま、おたんじょうび、おめでとうでしゅ」

「リア、これは」

リアは鼻をふんとさせて、

「りあがちゅぶちまちた」

と胸をそらせた。白いエプロンがひらりと揺れる。

「これ、兄さまのために？」

「あい！」

なんて、なんてかわいいんだろう。私は思わず椅子から降りて、リアをぎゅっと抱きしめた。

「何よりのプレゼントです！」

「一二しゃい、おめでとうございましゅ」

「ありがとう」

おでこをこつんと合わせる。それが合図のようにお父様のところにも次々と食事が運ばれてくる。

「父様のお芋は？　なあ、リア、父様のお芋は？」

リアは目をそらした。

「おとうしゃまのおたんじょうびに、ちゅくりましゅ」

「なんということだ！　八月まで待てと言うのか！　ルーク、それを一口」

「駄目ですよ。これは全部私のです！」

「にいしゃま、あーんてしゅる？」

「しますとも！」

「リア、父様には！」

お父様がうるさい。でも、一口も渡さない。

「駄目です」

山盛りだけど、全部食べる。

忘れられない、一二歳の誕生日の出来事だった。

◆

一二月の兄さまの誕生日を過ぎ、年を越して、ぷくぷくした手足が少しはほっそりしたような気がする頃、私は二歳の誕生日を迎えた。

「去年の今頃は何の憂いもなくて、幸せな時間がずっと続くと思っていました。そして去年の夏は、リアが戻ってくるのに数年かかることも覚悟していたのです。こうしてリアの二歳の誕生日を一緒に過ごすことができて、本当に幸せです」

「にいしゃま……」

朝早く、お披露目の日に兄さまが私を起こしに部屋に入ってきて、しみじみとそう言った。確かに私も戻りたいとは思ってはいたが、辺境ライフも思い切り楽しんでいた。それを思い出すと苦しんでいた兄さまとお父様に申し訳ない気もする。

「にいしゃま、りあ、ずっとたのちかった」

「リア、半年の間に一度さらわれて二度さらわれかけたことを、ふつう楽しいとは言わないのですよ」

そう言われてみればそうだったが、三回とも何とか切り抜けたので、あまり何とも思っていなかった。まことに幼児の頭とは都合のいいものである。幼いといいこともあるなと思う私だった。

「やれやれ、生まれつき気楽なのですかねえ、リアは」

そんなことはない。むしろ、いろんなことをよく考える賢い幼児である。

「さあリア、お誕生日おめでとう。二歳の誕生日は、昼にかかるように祝うのですよ。子どもですからね。早く起きて準備を始めましょう。今日は北の領地からおじいさまも来るのですよ。楽しみだなあ」

「おじいしゃま!」

寝起きでふにゃふにゃしていた私もこれは目が覚めた。

「クレア母様のお父様ですよ。お母様と同じ茶色の目で、とてもお優しいのです」

「わー、たのちみ!」

なんでももう少し早く来るつもりが、ギリギリになったそうで、今日から数日、屋敷に泊まってくれるそうだ。ラグ竜に乗るのが上手だそうで、きっと一緒に乗せてくれるだろう。

「殿下もいらっしゃるそうですし、リアはおしゃれをしてたくさんの人にニコニコしているだけでいいですからね。いや、リアの笑顔を見せるのはもったいないか」

兄さまが何かぶつぶつ言い始めた。

「にいしゃま。にこにこしゅる、みんなたのちい」

「そうですね、私としたことが。笑顔一つで済むならいくらでも笑えばいいことでした」

私と兄さまの言っていることは、違うような気がする。兄さまはふと真顔に戻ると、窓の方を見た。

「今日は私の誕生会でもありますから、ダイアナお母様も来てくれるそうなのです。来なくてもいいのに」

「にいしゃま……」

「お父様は難しい人です。本人はシンプルに生きているつもりでも、そのまっすぐさ、揺るぎのなさは時に人を傷つけることもある。それはわかっているのです」

それでも、自分の側にいてほしかったと思うのはわがままでしょうか、と、おそらくそう続けたかったに違いない。しかし、一二歳の矜持はそれを声に出させなかったのだろう。

兄さまは暗い気持ちを振り切るように私に声をかけた。

「さあ、準備を始めましょう。初めてのパーティですからね。リアは思い切り楽しめばいいのですよ」

「あい！」

その日は朝からお風呂に入れられ、髪をふわふわに乾かした後、白いふんわりしたワンピースに紫の刺繍がたくさんついている服を着せられた。こないだのメイド服よりも、普段着ているものより少し長い。ふくらはぎのところまで隠れてしまう。

私は体を前後左右に揺らしてみた。裾がふわりふわりとする。ついでに髪もふわりとする。

「まあ、リーリア様、それで終わりではありませんよ。次にこれを上に巻くのですよ」

メイドが持ってきたのは、薄い紫の透けるシフォンだった。それをウエストに巻いて、後ろで大きなリボンにする。私がプレゼントのようではないか。こないだもそうだったが、いつもと違う服の時は別のメイドが担当する。今日はナタリーは少し楽しそうな顔をしながら私の付き添いをしているだけだ。

「お披露目は白の服が基本なのですよ。そうでなくてもオールバンスの正装は白なので、今日はご当主様もルーク様も白ですねえ。なんて素敵なんでしょう。ご家族みんな揃うなんて、うう」

しまいには泣き出すメイドもいる。

「せっかく帰っていらしたのに、毎日お城に行かれるものだから、リーリア様をお城に取られたようで皆さみしいのですよ」

ナタリーが解説してくれる。確かにそうかもしれない。

そんなウキウキする私たちは二階に控えていたが、窓から眺めていると、庭には次々とラグ竜の引くきらびやかな竜車がやってきて、やはりきれいに着飾った男女を置いていく。

親戚の子どもならともかく、知らない家の子どもを見ても楽しいのだろうか。そんな風に考えている私に、ナタリーが説明してくれる。

「すでにお披露目が始まる前に皆さん下で旧交を温めていますし、ルーク様のお母様や、リーリア様のおじいさまのように遠方からやってくる方もいて、めったにない交流の機会なのですよ」

そうだ、私だけを見に来ているのではない。そう思ったらなんだか気が抜けて安心した。

「リーリア様、ほっとしたという顔をしていますよ」

「ほんとに？」

私は両手を顔に当ててみた。わからない。

「まあ、リーリア様ったら」

部屋に笑い声が響く。メイドたちは楽しそうに話を続ける。

「私たちも楽しみなのですよ。だってめったに見ない貴族の皆さんを見られるのですよ？」

「私はモールゼイ様を見るのが楽しみで。あの冬空のようなクールな瞳がたまらないのですよ」

「私はやっぱりリスバーンのギル様よ。伸び盛りでまぶしいったらないわ」

「レミントンのお嬢様も来られるみたいで、四侯が勢ぞろいですよ。壮観ですねぇ」

レミントン。

私は少しだけ緊張した。お父様も兄さまも、誘拐にはレミントンは何もかかわっていなかったと言った。それはそうだろう。下っ端にもわかりやすくレミントンレミントンと連呼されたら、誰だって黒幕は他にいると思うに違いない。

でも思い出すのだ。ハンナのつらそうな様子を。不安な声と共につぶやかれた、レミントンという響きを。

「ほんの少し、何かお腹にいれておきましょうねえ」

「あい！」

私は大きなエプロンでくるまれ、小さなサンドイッチを渡される。

「コックがいろいろおいしいものを作っていましたが、ちゃんとリーリア様の分は別に取っておくから、安心してくれとのことでしたよ」

「あい！」

いい話を聞いた。お披露目されながらどうやってテーブルの食べ物をつまむのかが大きな課題だったのだ。私は安心してもりもりと軽食を食べた。

手と口を拭き終わった頃、とんとんとドアを叩く音がした。

「さあ、そろそろお時間ですよ。ルーク様がお迎えに来たのかしら」

「私たちはこれから給仕をしながら見守っていますからね」

メイドが口々に声をかけてくれる。こないだ兄さまのお誕生日から、屋敷の人たちとはずいぶん仲良くなったのだ。私を見守りつつ、貴族を楽しく観察するに違いない。

「さあ、リア、そろそろですよ。おや」

「わあ」

光沢のある白い立ち襟の上着には、紫で丁寧な刺繍が施してある。すっと細い黒のズボンに、きちんと磨かれた革靴。自然に下ろされた長めの髪はサラサラだ。

「かわいらしい」

「かっこいい」

思わず声が重なった私たちは、フフっと笑った。

「さあ、階段まで、服がしわにならないよう歩いて行きましょうね」

「もちろんでしゅ。すたすたあるけましゅ。はちってもいいでしゅ」

「走ってはいけませんよ。では手をつないでいきましょうか、ゆっくりと」

一歩一歩を楽しんでと、そう聞こえた気がした。さあ、お披露目に行こう。

ふわふわ揺れるスカートを楽しんで、兄さまと歩いていたら、いつの間にか緊張もせず階段についていた。

「リア！」

お父様が貴族らしくなく階段を駆け上がってくる。

「おとうしゃま！」

いつものように手を伸ばすと、お父様にさっとすくい上げられ、笑いかけられた。その途端、

「おお……」

というどよめきが階段下で響き、私ははっとなった。うっかり兄さまとの時間を楽しんでいたが、今日はお披露目だった。

「リアは抱っこされて紹介されたいか。それとも自分で立つ方がいいか」

お父様の目がこのまま抱っこで紹介がいいと言っているが、そんなのは格好が悪いではないか。

「おりましゅ」

「抱っこは」

「おりましゅ」

「仕方がない」

お父様は名残惜しそうに私をぎゅっと抱きしめると、そっと階段に降ろした。

「真ん中より下に下りたら、私が手を放す。そうしたら、自分で名前を言って、礼をする。それだけだ。できるね」

「あい」

大丈夫。礼だって練習したのだ。挨拶するのは階段だから、足を下げたりクロスしたりしなくていい。ちょっと膝をまげて、元に戻すだけだ。

お父様が私の右手を引いて三段先を歩く。兄さまが私の左の二段先を歩く。ゆっくり進んで止まると、お父様がそっと手を放した。

前を見ると、たくさんの人がいた。パーティだ。私は嬉しくなってにっこりした。いけない、挨拶。

「りーりあ・おーるばんすでしゅ」

そしてちょっとだけ膝を曲げて、すっと背筋を伸ばした。決してぴょこりなどしていない。

わあっという声と共に温かい拍手が起きた。お父様を見上げるとよくやったというように笑ってい

る。兄さまの方を見るとにこやかに頷いてくれた。

拍手が収まると、お父様は私をすっと抱き上げ片腕に乗せ、反対の手で兄さまの肩に手を回した。

「事情により披露目が一年遅れたが、当家の愛娘、リーリア・オールバンスの二歳の誕生日である。また、当家の跡継ぎ、ルーク・オールバンスも一二歳となった。今日は共に寿いでほしい」

お父様の声が終わり、兄さまがにこやかに会釈をすると同時に、音楽が鳴りだした。人々はそれぞれ交流に戻ったり、お父様に挨拶しようとしたりと動き始めた。

「人が多いから、リアはしばらくお父様といような」

「あい」

兄さまは兄さまで、オールバンスの跡継ぎとしていろいろな人の挨拶を受けている。そして、あちらこちらのテーブルにはおいしそうな食べ物と飲み物が置いてある。

「おとうしゃま、じゅーちゅ」

さっきサンドイッチをもりもり食べていただろうって？　緊張して喉が渇いたのである。

「リアはさっそく食い気だなあ」

お父様が笑った。コックが取っておいてくれたとしても、隙あらばおいしいものは食べる。それが大事だ。お披露目だから人を見ろって？　多すぎてよくわからないのだ。そのうち誰かが自分から来てくれるだろう。

そう、兄さまのところにはたくさん人が来ているのに、私とお父様のところにはまだ誰も来てくれていない。にこやかなお父様が珍しくて、みんながためらっていたとはその時の私は思いつきもしなかった。

「ディーン！」

「ハロルド。それにマーカス」

人波がすっと割れて、二人の人が近づいてきた。親子だろうか。よく似た灰色の髪に灰色の目をしている。

「そちらが戻ってきた愛娘か。何とかわいらしい」

冬の雲のような灰色の目が優しく緩む。

「父上、まず挨拶からですよ。私はマーカスです。マーカス・モールゼイ」

「まーかしゅ」

「そうですよ。マークでよいですからね」

「まーく。りあでしゅ」

あ、違った。ちゃんと姓まで言わないと。ついつられてしまった。

「なんとマーカス。先に自己紹介してしまうとは。私はハロルド・モールゼイ。ハルおじさんでいいぞ」

「父上、ハルおじさんって……」

マークがあきれている。まあ、いいと言うならいいと思う。

「はるおじしゃま。りあでしゅ」

「おじさまときたか。うーん。いい……」

それをお父様が冷たい目で見ている。

「ハロルド、私にハロルドと呼ばせるのでさえためらっていたくせに、なんだそれは」

「なんだ、ディーン。ではこの愛らしい幼子に私をモールゼイと呼べというのか」

「そ、それは」

はい、お父様の負け。

「り、リア」

一方、こちらでショックを受けているのはギルのお父様である。隣でギルが片手を目にやり、あーという表情をしている。

「お前には今さら紹介はいるまい。スタン」

「し、しかし」

ギルのお父様はせわしなく手を上げ下げしている。

「俺だって名前さえ呼んでもらったことないのに。そのうえおじさまとか。リア、俺だってスタンおじさまと呼ばれたいんだ」

兄さまとギルが、呼んでやれ、呼ぶまでうるさいからという目をしている。

「すたんおじしゃま」

「リア！」

スタンおじさまはすかさず抱っこしようとした。

「手を伸ばしても駄目だ。リアは抱っこさせない」

「今日も駄目か！」

賑やかなここを目指すようにまた人波が割れた。そこを小さい子どもが急ぎ足でやってくる。

「にこ！」

「リア！」

お父様に降ろしてもらった私はニコに駆け寄る。

「リア、おたんじょうびおめでとう」

「ありがと」

「リアもにさいになったからには、もうそんなにねなくてすむな」

「しょ、しょれはわかりましぇん」

ニコはリアも大きくなったと満足そうだが、二歳になったからと言って急に寝る時間が少なくなるというものではないと思う。しかし、期待を砕くのもかわいそうなので曖昧にごまかしておく。

「はじめてオールバンスのいえにきたが、にわがひろいな。リア、そとであそばないか」

「あい！」

さっそく木のぼりか、それとも竜に乗るかと考えたが、よく考えたら駄目だった。

「ああ、むりでしゅよ」

遊ぶという言葉に心が動いたが、今日は私が主役なのだ。

「ニコ、無理を言うものではない。今日はリアが主役なのだよ」

「にこのおとうしゃま！」

「お誕生日おめでとう、リア。聞いていたよ。私のこともランバートおじさまと呼んでおくれ」

「らん」

「待て、リア」

お父様が私を止めた。

「殿下。ニコラス殿下が来るとは聞いていましたが、殿下まで一臣下の娘の誕生会に顔を出すなんて、まるでうちが王家のお気に入りみたいな行動は止めてもらえますか。迷惑なんですが」

おおっとこれはきつい。周りがいっぺんに静かになった。

「王家と四侯は対等の間柄。どちらが上も下もなく、したがってお気に入りであろうとそうでなかろうと何の関係もない。それは皆わかっているであろう」

ランバート殿下は多少声を大きくし、皆に大きく手を振ってそうアピールした。単純な者はそういえばそうだろうと納得したようだが、そうでない者もいる。

王家と、四侯の一部が、特別に仲が良いのがよくないのか。それとも王家と四侯そのものが仲良くなることがよくないのか。どちらかだと思うのだが、私にはわからなかった。

「私は子どもの付き添いとして来ただけのただの父親にすぎぬ。皆パーティを楽しんでくれ」

ニコのお父様のその一言で、パーティにざわめきが戻った。そして私の前にしゃがみこんで、目を合わせると、小さな声でねだった。

「なあ、リア、ランおじさまと」

言うのは簡単だが、それよりニコと並んでこちらを見ていると、金色の目に金色の髪がお揃いでまぶしいくらいだ。

「にこ、おとうしゃまとにてりゅ」

「ほんとか！　うむ。ちちうえだからな」

「そっくり」

私は感心して、似ていると言われて嬉しそうな二人を眺めた。

「なあ、リア」

「あい、らんおじしゃま」

ねだるニコのお父様に、私は他の人に聞こえないようにうんと小さい声で答え、三人でふふふっと笑った。

「まあ、かわいらしい。これがあなたの娘なの？」

そんな私たちに、女性の声が降ってきた。誰だ。

「アンジェ」

お父様の声が優しくなった。珍しい。私と向き合っていたランバート殿下とニコが笑っていた顔を戻してすっと立ち上がった。

「まあ、殿下方、そんなところに」

そのアンジェと呼ばれた人は優しく、ころころという表現がふさわしい感じで楽しそうに笑った。

そうしてすっと膝を落とし、きれいに礼をとった。これが大人の挨拶。女性のいないオールバンスではしっかり教われないものだ。覚えておこう。

その人はミルクをたくさん入れた紅茶のような淡い茶色の髪で、薄い緑茶にほんの少しミルクを落としたような、翡翠色の瞳をしていた。

「ニコラス殿下、お久しぶりにございます」

「うむ。アンジェリークどの。わたしのたんじょうびいらいか」

ニコは半年前に会った大人をちゃんと覚えていられるのか。私は感心した。もっとも、私だって自分をさらった奴の顔はまだ覚えているけれども。

「よく覚えていらっしゃる。今度はうちの娘たちの誕生日にもぜひいらしてくださいませ」

よい子ですよと頭をなでるように優しい言い方だ。娘がいるというところに私は聞き耳を立てた。女の子の友だちができるかもしれないではないか。

「それはわからぬ。そもそもレミントンのむすめたちとはともだちではない」

ニコははっきりとそう言った。ニコは確かに賢い子どもだけれども、さすがにこういったところまで気を使えるわけがない。大人たちの空気が微妙に固くなった。

でも私は違うところで固くなった。

レミントン。この人が。

「うちの子たちとは年が合いませんでしたものねえ。それではうちの娘たちとも、よければこれから友だちになってくださいませ。改めて紹介いたしますわ。こちらが上の娘、フェリシア。レミントンの跡継ぎになります」

なんと！　娘がちゃんと側にいたとは。フェリシアという人はアンジェという人によく似た優しそうなほっそりした少女だった。母親と同じようにきれいに礼をとった。ギルと同じか、少し上くらいだろうか。

「こちらが下の娘、クリスティンです」

クリスティンと呼ばれた娘は、母親と同じミルクティー色の髪をしていたが、目の色も同じミルクティー色だった。とても珍しい。ニコよりも大きいが、エイミーより小さい。つまり、五歳くらいだろうか。その子はややぎこちなく膝を曲げた。

「うむ。あったことはあるから、あらためてしょうかいせずともよいのだ。それより」

ニコは私の方を見た。私はすっかり観客としてこの場を楽しんでいたので、いきなり注目が集まってちょっと焦る。

「きょうはリアのたんじょうびのかいだ。まずはリアにおめでとうをいったほうがいい」

またその場に微妙な空気が流れた。周りの大人の誰もが思い、しかしあえて突っ込まなかったところをニコがはっきりと指摘したからだ。さすがの私も、この場をどう収めるべきかわからないので、かわいらしく振る舞っておいて後は他の人に任せようと思う。

「まあ、本当ね。私ったら」

アンジェはまたころころと笑うと、少し腰をかがめて私の方を向いた。翡翠色の目がこちらを見ている。

「ディーンと同じ、淡紫の色」

まるでそれだけしか価値がないかのような言い方だ。

「なんてかわいらしい。私はアンジェリーク・レミントン。こちらが跡取りのフェリシア。こちらが二番目のクリスティン。仲良くしてね」

そう挨拶すると、私の前に娘二人を押し出してきた。それならば私もちゃんと挨拶せねばなるまい。

「りーりあ・おーるばんすでしゅ。きょうはありがとうごじゃましゅ」

そしてすっと膝を曲げてみた。さっきよりはいいはずだ。近くでハンスがよくできましたというように頷いているが、ハンスに合格をもらう必要はない。

「まあ、フェリシアよ。お誕生日おめでとう。よろしくね」

お姉さんの方がにっこりとそう言った。

「ふぇりちあ。りあでしゅ」

「ふふふっ」

頭をなでてくれた。しかし、妹の方は、腕を組んでこっちを睨んでいる。ちょっとちゃんと腕が組めるからって、偉そうじゃない？　何も言わないつもりなら、私から挨拶しよう。

「くりしゅちん」

「ちょっと待って！　クリスティンよ！」

ちゃんと言っているではないか。

「くりしゅちん」

「く、り、す、てぃ、ん、よ！」

細かいことを気にする子だ。何が気にいらないのか。それならば。

「くりしゅ」

「みじかすぎよ！」

「りあでしゅ」

「聞いてる？」

「おとうしゃま、じゅーちゅ」

「ちょっと！」

おめでとうを言わないなら、相手をする必要はないのである。

「クリス、ちゃんとおめでとうを言えてないのはあなたよ」

「姉さま、だって」

「だってではありません。さあ」

フェリシアにたしなめられたクリスティンはしぶしぶとこっちを向いた。

「おたんじょうびおめでとうございます」

「くりしゅち」

「わかったわよ！　クリスでいいわよ。その方がましよ」

勝った。私はにっこりした。

「くりしゅ、りあでしゅ」

クリスはしぶしぶこっちを見ると、ちょっと横を向いてこう言った。

「……リア」

「あい！」

これで一応友だちだ。

「相変わらず強引ねえ、アンジェ」

「あら、ジュリア、あなたも来ていたの」

頭の上の方では新しい人が来ている。つややかに波打った茶色の髪と同じような茶色の瞳のきれいな人だ。

「ディーン、お招きありがとう。そしてまあ、あなたがリーリアなのね！　話に聞いていたとおりね。

クレアにそっくり」

「お母様、こちらでしたか。捜しましたよ」

いつの間にかいなくなっていたギルが少し慌てたようにやってきた。

「ギル。先に知り合いと会ったものだから」

「一緒に挨拶するつもりだったのに」

「ごめんなさい」

この人もころころと楽しそうに笑う。そして私の方を見ると、にっこりした。

「私はギルの母親のジュリアよ。ずっと会いたかったのになかなか行けなくてごめんなさい」

そして、少しためらうと私に手を伸ばしてきた。

「もう赤ちゃんじゃないから抱っこは駄目かしら」

そんなことはない。私は手を伸ばすとほっそりしたその人に抱え上げてもらった。

「まあ、女の子はふわふわしているのね。ギルだったらちっともじっとしてはいなかったのに」

フフっと笑うと自然に私を抱いてゆらゆらと揺らした。そうだ、これがお母さんだ。私は安心して力を抜くと、ギルのお母さんの首に顔を寄せた。

「じゅりあおばしゃま」

「あら、まあ。それ、いいわねえ。リア」

「あい」

「アンジェにもそう言ってあげるといいわ」

私はレミントンの方を見た。やさしい顔の口の端が少しひきつっている。

「あんじぇおばしゃま」

「リーリア、皆はたいてい私のことをただアンジェ様と呼ぶのよ」

ときどき、おばさまと呼ばれたくない人もいる。それなら呼ばれたいように呼ぼう。私が呼び直そうとした時だ。

「見苦しいわよ、アンジェ。私よりずっと年上じゃないの。今更おばさまと呼ばれたくないなんて。フェリシアが結婚したらおばさまどころかおばあさまになるというのに」

「おばあさまって」

そうつぶやくとアンジェはショックを受けたように表情をなくした。

ええと、ジュリアおばさま、強いです。

「君たちはいつでも仲がいいな。よくそう話が続くものだ」

お父様が感心したように口を挟む。ジュリアおばさまもアンジェおばさまもあきれたように口元をゆがめたのにお父様は気がつかなかった。

私はといえば、今まで物理的な危険はあったものの、優しい世界の中で生きてきたんだなあとしみじみと感じていた。自分に言われているわけではないものの、このやり取りはちょっと怖い。

「リア、せっかく楽しんでいるところだが」

ジュリアおばさまの抱っこは楽しんでいるけれど、怖い会話は特に楽しんでいない。

「さすがに四侯がこれだけ集まっている上に、王家まで顔を出しているとあっては他の人は挨拶に来づらいだろう。少し場所を移そうか」

お父様に頷いたが、私はテーブルの上を名残惜しそうにちらっと見た。

「もちろん、飲み物も飲もうな」

「あい！」

ジュリアおばさまから降ろしてもらうと、飲み物を取ってもらって、こぼさないよう見守られながら飲むことができた。もちろん、うっかり間違って私にジュースをかけようとする人などいなかった。

「さあ、大人の間を歩くと危ないからな」

飲み終わると、すぐにお父様に抱き上げられた。そうして少しずつ移動しながら、今度は兄さまも一緒にいろいろな人と挨拶をしたが、正直途中からどうでもよくなって適当になったのは仕方ないと思う。とりあえず、にこにこしておけばよいのだ。

いつの間にか一周回ったのか、またギルの家族と合流した。優しいジュリアおばさまとスタンおじさまともだが、なじんだギルと合流できてちょっとほっとしたのは内緒である。

ジュリアおばさまは私を優しく見て手を伸ばしたので、私はまたおばさまに抱っこされた。ちょっと嬉しい。しかしおばさまは、私を揺らしながら何気なく言った。

「ルーク、ダイアナが来ていたわよ」

「ジュリア様、来るという話は聞いております」

「そう」

それで話がすんでしまい、なんとなく気まずい沈黙が訪れた。ダイアナとは兄さまの本当のお母さんのことだろうか。

しかし、それを合図にしたかのように、部屋の向こう側からゆっくりと女の人が歩いてきたのが見えた。金の髪に緑の瞳、年はお父様と同じくらい、つまりジュリアおばさまと同じか少し若いくらいだろうか、落ち着いた雰囲気はあるものの、ひときわ美しい人だった。

「ダイアナお母様……」

兄さまが思わず口にした。その兄さまの肩に、お父様の手がそっと回り、引き寄せる。そんなお父様を見上げる兄さまの目には、信頼があった。

お父様と仲が悪く、離縁して別の人に嫁いだという。兄さまをあまりかまわなかったということを使用人たちの話でに聞いたことがあるが、私の知っていることはそれだけだ。高く結い上げた金色の髪を揺らしながら歩いてきたその人は、兄さまの前で止まった。

「ルーク、夏以来ね」

夏、と言えば私が辺境にいた頃だ。夏に一度会っているということなのだろう。私はジュリアおばさまに抱かれて横からそのダイアナという人を見ていたが、その目には確かに兄さまに会えて嬉しいという気持ちがあふれていた。

「ダイアナお母様」

「一二歳のお誕生日おめでとう、ルーク」

「ありがとうございます」

ぎこちないながらも、ちゃんと温かい空気が流れていてほっとした。しかし、ダイアナという人の目はほんの少し気まずそうにすぐ兄さまから離れ、私の方に向かった。その目が少し大きく見開かれた。

「まあ、ルークと同じ瞳ね」

兄さまと同じと言った。お父様ではなく。

この人の中では、お父様の存在より兄さまの存在の方が大きいのだとわかった。

「あなたが今日の主役の一人ね。お誕生日おめでとう。私はダイアナよ。ルークの母親の」

「りーりあ・おーるばんすでしゅ。だいあなおばしゃま」

「まあ、かわいらしい。おばさまにも来るかしら」

おばさまという言葉に抵抗もない。子どもをかわいいと思える。そうやって私に手を伸ばすくらいには子ども好き。それなら、なぜ兄さまを置いて行ったのか。

もちろん、四侯の跡取りだからだ。連れて行きたくても連れていけなかったのだろう。本当のところはわからない。でも、私には、今、兄さまとお父様から逃げているように、その時も逃げてしまったのだろうというように思えたのだった。

「だいあなおばしゃま」

「なあに？」

「そのては、にいしゃまに」

「え……」

お父様が最初間違えていたように、ダイアナおばさまも間違っている。何も言わないから、自分から来ないから、だから求めていないと思うのは間違いなのだ。

「にいしゃまの、おかあしゃま。いちばんは、にいしゃまに」

なぜだろう、私を抱いているジュリアおばさまの手の力が強くなった。

「ルークに」

いいのかしらと言うようにダイアナおばさまの目が兄さまに向かった。ずっとダイアナおばさまをじっと見ている兄さまの方に。

「お母様、あなたを抱いてもいいのかしら、ルーク」

お父様は何も言ってはいけません。私は何か言いたそうなお父様を目で黙らせた。

「お母様がそうしたいなら」

兄さまはちょっとうつむいた。ダイアナおばさまが恐る恐る兄さまに近寄り、手を伸ばす。一度伸ばした手を引っ込めもう一度伸ばすと、今度はちゃんと抱きしめた。

お父様と比べると小さい子どもに見えていた兄さまは、少し背の低いダイアナおばさまに抱かれるとあまり身長も変わらず、だいぶ大きく見える。

「大きくなったわ。大きくなったけれど、少し私に似たのかしら。同じ年頃のディーンと比べるとずいぶん優しいわ、ルークは」

「私には自分が優しいかどうかはわかりませんが」

そう答えた兄さまだったが、優しくあろうとしているのだということを私は知っている。それからお父様はもう少し黙っていて。また何か言いたそうなお父様に私は首を振った。

「お父様は優しくはなかったのですか？」

兄さま、そこを突っ込んだら駄目だと思う。

「何を言っても何をしても全然興味を持ってくれなくて、意地悪だったわ」

「意地悪かどうかはわかりませんが、興味のないことにはまったく無関心なのは今でも変わりませんよ、お父様は」

「二人目の子どもを持っても変わらないのね」

今度こそ何か言いそうなお父様に、私は手を伸ばした。

「おとうしゃま」

「リア」

二日ぶりに抱いたみたいな顔をしないでほしい。

「あっちのじゅーちゅのみたい」

「では行くか。ルーク」

「大丈夫です。リアを連れて行ってやってください」

「そうか。ではダイアナ、ゆっくりしていってくれ」

「ありがとう」

そのまま兄さまとダイアナおばさまを残して、私たちは少し向こうにあるテーブルに移動した。何か二人で話しているな。よかった。

「リア、ジュリアにはもっと早く会わせればよかったな」

「あい」

もっと早くということは、あえて会わせないようにしていたということだろうか。

「適切な乳母をつけるべきだったがタイミングがずれ、そのうち母親を恋しがるようになるかもしれぬからと、ついその世代の女性を遠ざけてしまってな」

なんということだ。では、私がニコのお母様を見たことがない理由は、もしかして。これは聞いてみるしかない。

「にこのおかあしゃまは」

「リアは会ったことがないよな。あえて出てこないようにしてもらっていたのだ。クレアを、お前の母親を奪った私だが、なぜ自分にはお母様がいないのかと、母を恋しがって泣くかもしれないと思うと怖かったのだ」

それでおじさまばかり周りにいたのか。私はちょっとあきれてしまった。しかしどう言っていいものやらわからない。

「りあ、だいじょぶ。じゅりあおばしゃま、だいあなおばしゃま、しゅきよ」

「ダイアナもか。奇特なことだ」

ダイアナおばさまはかわいい人だったではないか。どうもお父様は、女の人を見る目がないような気がする。私のお母様と結婚できたのは奇跡だったのではないか。

そしてお父様は、わたしがアンジェおばさまを好きだと言わなかったことには気がついていないのだった。

人を愛するということをやっとわかり始めたばかりのお父様は、大人なのに失敗ばかりだ。いくら兄さまが、そして私が大切でも、これからもきっと独りよがりで間違ったことをしようとするのだろう。

私は力を抜いて、お父様の胸にぽふっと寄り掛かった。

「なんだ」

「おとうしゃまが、いちばんしゅき」

「そうか。ルークには内緒だな」

お父様は嬉しそうに私をぎゅっぎゅっと抱きしめた。

何度でも何度でも伝えていこう。

お父様が不安で迷うことがないように、好きという明かりで、道を明るく照らしていこう。

まだ私たちは家族として始まったばかり。

私はふん、と気合を入れた。

ちゃんとした家族になるまで、この先も、ずっとあきらめないのだ。

《了》

特別収録

ハンスの覚え書き

「柄じゃねえのにな、毎日の記録なんて」

俺は開いていたノートをパタリと閉じ、椅子から立ち上がって背伸びをした。

さすがに四〇を過ぎると、体を使う仕事はきつい。

それでも、今の仕事は一年前までやっていた護衛隊の仕事よりどれだけ楽かと思う。いや、もう二年になるか。

俺は思わずフッと頬を緩めた。

「まあ、何が起こるかわからなくて、気が抜けねえがな」

気が抜けなくても、一歳児二歳児の動きなんてたいしたことない。そもそも護衛対象はどんくさいリーリア様だ。困るのは、リーリア様と一緒に過ごすニコラス殿下の護衛が役に立たないことくらいだ。

護衛隊でも、王都だけで働いてきた一番隊、二番隊の奴らは応用が利かない。外敵に警戒すること、先を読んでとっさに行動することの必要性を知らないのだ。

俺はハンス・レミントン。レミントンの一族だが、もともとレミントンの本家とはかかわりが薄いうえ、魔力量も貴族にしては少ないほうだ。そのため恵まれた体格と運動神経を生かし、護衛隊に入った。

護衛隊は四侯を始め、王都の貴族を守り、監視する役目だ。

そして監理局の下にある。

監理局は、魔力量の多さをもってキングダムに貢献できる貴族が、キングダムを私物化しないように設けられた機関だ。そのため、逆に魔力量の多くない貴族がその中心となる。

魔力の少ない者が文官となり、職を辞す文官の中から優秀な者が監理局に入り、主に四侯を監視する。

四侯が行動するときは惜しみなく護衛を提供するが、それは同時に四侯の行動を監視し、抑制するためのものでもある。

しかし、四侯が無茶をしない限り、制限が発動されることはなく、したがって四侯は制限されていると気づくことすらないのが通常だ。

たいていの四侯は無茶をせず、ほぼ王都内にとどまり続ける。五日に一度の魔石の充填は、四侯の行動に大きな制限をかけているが、彼ら彼女らはそれを義務として粛々と行い続けている。

だから、今代で無茶をするのはディーン様くらいだ。

その自由奔放さにより、若い頃から監理局に警戒されていたのだが、本人はまったく気づいていない。リーリア様誘拐の件で監理局に目をつけられたと思っているようだが、とんでもない。当主になる前から何度勝手に王都を抜け出していたことか。

本人は監理局に申請しているから勝手ではないと思っているようだが、

「明日から北部に出る」

という一言で、何度慌てて護衛隊が駆り出されたことか。そして、その大部分に、王都外担当の特殊部隊の俺がいたことをディーン様は知らない。いや、知らないと思っていた、が正しいか。

本当に他人に興味がないのだろう。

俺は明かりを消すと、暗闇に目を慣らしてから窓に向かい、夜の庭を覗き込む。

庭の向こう側を、夜の見回りをする警備がゆっくりと歩いている。王宮かと思うほどの厳重さだ。

「リーリア様、か」

俺にとってその名前は最近まで意味を持たなかった。

生まれ故郷の北部に大切に運ばれ、埋葬されたクレア様。出産で亡くなられたのに遺体は一つ。当然、残されたお子がいることに気づくべきだったのに、それどころではなかった。

埋葬されるまでクレア様から片時も離れなかったディーン様を、なんとしても無事に王都まで連れ帰らなければならない。

今代の四侯は皆十分に魔力があり安定しているが、次代が成人、または成人に近く、当主に万が一のことがあっても何とかなるのはレミントンとモールゼイのみ。リスバーンも一族は多く、魔力のある者を集めれば何とかなるかもしれなかった。

しかし、オールバンスはディーン様のみ。当時一〇歳になったばかりのルーク様はまだ頭角を現してはおらず、次代としての評価は不確かなものだった。

ろくに食べもせず自分の命など投げ捨ててしまいそうなディーン様を、まるで高価な荷物のように王都まで運び、任務を終えた俺は、もう潮時だなと思った。

護衛の仕事は嫌いじゃない。

だが、人を守る仕事をするのならば、守ることだけを考えたい。

人を高価な商品のように扱うのには疲れたんだ。

ディーン様を王都に送り届けたその足で、当時若いながらももっとも優秀だったグレイセスに隊長職を譲り、護衛隊を退いた。

護衛隊ではなくなったんだから、いつか辺境に出てみようと思いつつ、腕のいい護衛として忙しく過ごしていたら、いつの間にか二年近くが過ぎていた。

そんな時だ。ディーン様から呼び出されたのは。

「娘が戻ってくる。護衛を任せたい」

と。

護衛隊を辞めてから一年以上過ぎて、オールバンスの娘が誘拐されたという話は噂で聞いた。ディーン様は身内に縁の薄いお人だなとは思ったが、それだけだった。そもそもオールバンスだけでなく、王都の貴族の屋敷はどこも警備が穴だらけだ。屋敷から誘拐されることなど当然ありうることだと思っていた。

だが、辺境で生き延びているところを発見されたというのは驚いた。

そして、ディーン様がクレア様がいた頃の目の輝きを取り戻しているのに安心したのは確かだ。

「しかし、子どもの護衛なら、もっと若い者を中心にしたほうがいいように思いますが」

お前にまとめ役を頼むと言われた時に、俺はつい口を出していた。

自分の力に自信がないのではない。しかし、年が近いほうがいいこともあるのだ。子育ての経験者ならもっといいかもしれない。

「お前」

ディーン様は私の目をしっかり見て、こう言った。

「クレアを知っているお前に任せたい」

「私のことを覚えておいでですか」

正直言って驚いた。

ディーン様の護衛としてあちこち行ったが、一度として声をかけられたこともなければ、視線が合ったことさえなかったからだ。

ディーン様は眉を上げた。

「何を言う。王都の外に出るときはいつもうっとうしく付いてきていただろう」

「それは仕事ですから。付いて行きたくて行ってたんじゃありませんよ」

他の護衛候補が驚いて俺を見た。しまった。ついうっかり本音が口から出てしまった。

「それは知っていた。四侯のお守りなど楽しい仕事のはずはない。だが、お前が仕事を言い訳にして王都の外を楽しんでいたのも知っているぞ」

本当に、俺はいつ観察されていたのか。ちょっと自信がなくなってきた。

「何度もさらわれかけた娘だ。狙っている敵が一つなのか複数なのかすらわからない。敵があきらめたのかどうかもわからない。そんな不確かな状況の中だが、これだけは言える」

ディーン様はニヤリと笑った。

「リアの護衛は、面白いぞ」

護衛が面白いことより、心底楽しそうなディーン様の表情の方が心に残った。

結果として、ディーン様の言っていたことは正しかった。

護衛という仕事が、これほど面白いとは思わなかった。

もちろん、常に誘拐という可能性を考えての護衛は気が抜けないものだ。特に城への行き帰りは気を使う。

護衛を始めてまだ数か月だ。今のところ、リア様を狙っていると思われる気配を感じたことはない。

だが、ディーン様の言う敵が、あきらめたのかどうか確信を持てるまでは警戒を続けなければならない。

それでも、屋敷の中と城の中は少なくとも、外からの襲撃に気を使わずに済むから少しは気が抜ける。

リア様の表情と動きを見て、先へ待ち受ける危険、いや、失敗を予測し、必要ならば手を出す。そうでなければ見守る。その繰り返しだ。

だからこそリア様の貴重さがよくわかる。

なぜ辺境の地で生き延びられたのか。

運だけではない。

大人どころではない、先見の力だ。

最初のニコラス様との授業を思い出す。

二歳に近いとはいえ、一歳の子どもに何をさせていいかわからず、おろおろとしていた城の者たちに、仕方ないわねと言う顔をして自分で居場所を作ったリア様。

勉強とは何か、自分が何を求められているのか、そして自分のできることは何かを判断しただけでなく、さりげなく指示を出して城の者を顎で使っていた小気味よさ。

初めてお会いしてから、ディーン様の言うような面白みもなく、静かにお利口に過ごしていたリア様がどれだけ猫をかぶっていたのかと呆気にとられるような出来事だった。

その驚きに気を取られて、リア様のすることを予測できなかったのが悔やまれる。

まさか、ニコラス殿下をかばってリア様自身が叩かれるとは思いもしなかった。

護衛失格だ。

腹ばいになって絵を描いていたリア様は急に立ち上がると、ニコラス殿下の方に歩み寄ったのだ。

飽きたのかとのんびり見ていた俺の予想を裏切り、教師に何かを言おうとして、間に合わないと思ったのか振り上げた教師の枝を自分の手で受けてみせた。

痛いとも言わずに。

そこからだ。俺が、リア様が子どもだからと思わずに、することを予測して動くことを自分に課すようになったのは。

そうしてみるとよくわかる。恐ろしいほどの賢さと、子どもらしさが小さい体に同居していて、そして賢さと子どもらしさのどちらも守らねばならぬ大切なものであると。

賢いリア様なのに、負けず嫌いでしかもそれを認めない。よちよち歩き、走っていると主張する急ぎ足でさえ、ニコラス殿下の普通に歩く速さより遅い。胸を張っては後ろにひっくり返りそうになる。

そのリア様の小さいプライドを守ろうとして、ニコラス殿下が目を見張るほど成長したのにも驚いた。リア様はニコラス殿下を評価しているようだが、俺から見たらただのお坊ちゃまだったのに。

「はんす、にゃい」

かわいい声が聞こえたような気がするのは、空耳だ。

「ごえい、ちっかくでしゅ」

その通りだなあ、リア様。あんまり面白すぎて、ついからかっちまいたくなる。

「どうやら外も大丈夫なようだな」

明日はリア様のお披露目の日だ。

大きな行事なので、護衛隊も来る手筈になっている。久しぶりにグレイセスに会えるか。

いや、それだけではない。

レミントンが来る。

レミントンは四侯の中で一番人数が多く、親族関係も複雑だ。末席の自分など、もはや名前以外は縁はないが、親族内での争いは多い。加えて、今代のアンジェリーク様は野心家だ。

お互いにたいして関心のない四侯だが、ディーン様は意外なことにリスバーンとモールゼイとはよい関係を築いている。

レミントンとはどうなのか。そしてそれはリア様にどうかかわってくるのか。

厄介なことに、ニコラス殿下も来るという。

「しょうがねえ。リア様に『にゃい』って言われねえように、頑張るしかねえなあ」

一介の護衛にできることはそれだけだ。そしてそれだけでいいのがどんなにやりがいのあることか。

今日はもう休もう。

明日もリア様の笑顔を守れるように。

《特別収録・ハンスの覚え書き／了》

あとがき

『転生幼女』もついに三巻まで来ました。一巻二巻から引き続き手に取ってくださった皆様、ありがとうございます。そしてウェブ連載から来てくれた読者の皆様、そして他作からの皆様も、ありがとうございます。カヤと申します。

ここからはネタバレもありますので、気になる方は先に本文へどうぞ。

さて、一巻でさらわれてしまったリアですが、三巻でついにお父様と再会します。

お父様と再会したら、それでまあお話はハッピーエンドくらいのつもりで書いていたのですが、いざキングダムに戻ってきてみれば、大きなお屋敷に一人きり。

赤ちゃんの頃当たり前だったそんな状況は、辺境で仲間とともに忙しく過ごした日々と比べると、虚しささえ感じられるものでした。

そんなリアに、どうしようと焦ったのは作者も一緒です。どうしたら元気なリアに戻るかなと。

それでも、リアの日常を書いている間に思い出しました。さらわれたり襲撃されたり、そんな事件がなくても、実は幼児の毎日は小さい事件でいっぱいです。

王子の遊び相手として城に毎日通ううちに、周りも巻き込んでリアもどんどん元気になり、本領を発揮していきます。

もちろん、結界を張る力にも何やら新しい動きがあるようで……。

リアのことになると相変わらずお父様はポンコツ気味です。

四侯の現状が次第に明らかになっていく中で、大人世代と子ども世代の複雑なかかわりも浮かび上がってきます。

もう一人の幼児登場で、リアのかわいらしさがいっそう際立つ三巻、どうかお楽しみくださいませ。

最後に謝辞を。

「小説家になろう」の読者の皆様。一緒に小説を楽しんでくださっている編集様と一二三書房の皆様。筆者もあまり考えたことのないリアのいろいろな姿をかわいらしく愉快なイラストにしてくださる藻様。そしてこの本を手に取ってくれた皆様。本当にありがとうございました。

カヤ

叛逆のヴァロウ
上級貴族に謀殺された軍師は魔王の副官に転生し、復讐を誓う
Nobeno Masayuki
野正行
村カルキ
「小説家になろう」発
最強軍師による
ファンタジー戦記！
この戦い・・・
すべて俺の
手の平の上だ!!
コミックポルカにてコミカライズ企画進行中
©NOBENO MASAYUKI

呼び出した
Yobidashita Shokanjyu Ga
召喚獣が
Tsuyosugiru Ken
強すぎる件
Written by しのこ
Illustration by 茶円ちゃあ
召喚《サモン》したのは
最強の相棒！
レア召喚獣と始めるVRライフ！
絆の力で世界を駆け抜けろ！
第1位
「小説家になろう
VRジャンル 四半期ランキング
(2018年11月7日付)
©Shinoko

yakawa Rarara
綾河ららら
llustration ネコメガネ
will sama ha kyou mo mahou de asondeimasu.
ウィル様は今日も魔法で遊んでいます。
かわいさ&魔法の才
無限大
∞
んな魔法も再現可能!?
このお子様、凄すぎます!!!!
第7回
ネット小説大賞期間中
受賞作
魔法に愛された無邪気な少年が巻き起こすほのぼのファンタジー!
ara Ayakawa

第6回
ネット小説大賞
受賞作
なんじゃもんじゃ
ILLUST 珠梨やすゆき
WRITTEN BY NANJAMONJA
ILLUSTRATION BY SHURIYASUYUKI
ガベージブレイブ
GARBAGE BRAVE
異世界に召喚され捨てられた勇者の復讐物語
捨てられた勇者
不遇職から
最強を
目指す！
MAGCOMIにてコミカライズ大好評連載
MAG Garden COMIC ONLINE マグコミ
©Nanjyamonjya

宮廷魔法師クビになったんで、
田舎に帰って
魔法科の先生になります
1
Rui Sekai
世界るい
illustration だぶ竜
I was fired from a court wizard
so I am going to become
a rural magical teacher.
伝説の魔法師
田舎で魔法の先生になる
書き下ろし3万字OVER!
WEB版より大幅加筆!!
コミカライズ～序章～
同時公開!
詳しくはこちら

うちの弟子がいつのまにか人類最強になっていて
なんの才能もない師匠の俺がそれを超える宇宙最強に
誤認定されている件について
Volume 01
AKIRAIZUN
アキライズン
illustration／toi8
『よくわかったな、
その通りだ』
第7回
ネット小説
受賞作
全ての ~~伝説~~ 勘違い は この一言 から始まった!?
©akiraizu

転生幼女はあきらめない 3

発　行
2020年1月15日　初版第一刷発行
2021年3月17日　二版第一刷発行

著　者
カヤ

発行人
長谷川　洋

発行・発売
株式会社一二三書房
〒101-0003　東京都千代田区一ツ橋2-4-3　光文恒産ビル
03-3265-1881

デザイン
Okubo

印　刷
中央精版印刷株式会社

作品の感想、ファンレターをお待ちしております。
〒101-0003　東京都千代田区一ツ橋2-4-3　光文恒産ビル
株式会社一二三書房
カヤ 先生／藻 先生

Printed in japan, ISBN 978-4-89199-612-3

※本書は小説投稿サイト「小説家になろう」（http://syosetu.com/）に
掲載された作品を加筆修正し書籍化したものです。